# जन्म-भूमि की ताकत

# जन्म-भूमि की ताकत

एस. के. पाराशर

जन्म–भूमि की ताकत



ISBN : 978-93-5128-036-7

मूल्य : रू. 250

भारत में सन् 2014 में प्रकाशित

कल्पाज़ पब्लिकेशन्स
सी–30, सत्यवती नगर
दिल्ली–110052

Phone : 9212142040
ई–मेल : kalpaz@hotmail.com

*शब्द संयोजक* : जी.आर. कम्प्यूटर्स, दिल्ली
*मुद्रित* : जी. प्रिंट प्रोसैस, दिल्ली

# 'एक धाम'

की पेशकश

# 'जन्म-भूमि की ताकत'

*गाँव व डाकखाना :*
भटगाँव, जिला सोनीपत, हरियाणा (भारत)

*सम्पर्क :*
1091-8053788989, 09820258110 (निवास)

*ई-मेल :*
ekdhamindia@gmail.com

*संस्थापक :*
**सुरेन्द्र कुमार पाराशर**

**पुस्तक के आरम्भ होने की तिथि : 11 मार्च, 2011**

**पुस्तक के समाप्त होने की तिथि : 11 दिसम्बर 2013**

# विषय-सूची

13. कैसे जाता है शुद्ध से सिद्ध होकर शरीर से आत्मा में और आत्मा से शरीर में और कौन है योग्य और योग्यता का स्वामी?

14. कैसे शरीर पिण्ड से अण्ड से समाधिष्ट होता है?

15. कैसे होता है स्वयंभू शरीर?

16. कैसे होती है पिण्ड या अण्ड से लिंग की उत्पत्ति?

17. कैसे बनता है शिव लिंग और क्यों देते हैं जल?

18. कैसे पैदा होता है शिव और कैसे बनता है शंकर, कैसे बनता है महादेव और कैसे बनता है महाकाल या महामानव? "प्रथम पुरुष" स्वयंभू कैसा होता है?

19. सदा शिव का जन्म कैसे होता है?

20. विराट क्या है? कैसे विष्णु विराट रूप में है?

21. जहर की सृष्टि कैसे होती है?

22. कैसे 'विष्णु', अणुओं को पैदा करता और कैसे सभी अणुओं का भक्षण करके विराट हो जाता है?

23. कैसे विराट विष्णु में 'शिव' समाया हुआ है?

24. क्या ये ब्रह्माण्ड विराट विष्णु में व्याप्त या खोया हुआ है?

25. कैसे होता है योग और कैसे बनता है योगेश्वर?

26. किस स्थिति में योग अधूरा लगता है योगेश्वर को?

27. क्या शरीर के व्यायाम से योग होता है?

28. योग और व्यायाम में अन्तर?

44. कैसा होता है, 'योग और कैसा होता है, योगी और कैसा होता है योगेश्वर?

45. क्या ब्रह्माण्ड की सत्ता, तीन है, तो कैसे, दो है, तो कैसे एक है, तो कैसे, शून्य है, तो कैसे, कैसे होता है अव्यक्त और कैसे होता है व्यक्त?

46. क्या ब्रह्म के ऊपर प्रब्रह्म है?

47. क्या है प्रब्रह्म का उद्घोष?

48. क्या प्रब्रह्म की उद्घोषणा अक्षर ऊँ है?

49. क्या ऊँ सर्वशक्तिमान है? क्या है ऊँ?

50. कैसे रखना चाहती है, संज्ञा, नाम, जन्म, सत्ता पर स्वामी भाव?

51. कैसे होता है ब्रह्मा का जन्म?

52. कैसे होता है विष्णु का जन्म?

53. कैसे होता है शिव का जन्म?

54. कैसे तीनों ब्रह्मा, विष्णु, शिव के योग से योगेश्वर नारायण जन्म?

55. कैसे करता है योगेश्वर नारायण अक्षर ऊँ पर प्रब्रह्म की उद्घोषणा?

56. क्या है ऊँ तत् सत् और क्या है धर्म?

57. कौन रहता है इस देव दत सत् काम, पुरुष नाम वाले शरीर में?

73. कैसा होता है कर्महीन इंसान?

74. कैसा होता है धर्महीन आदमी?

75. कैसा होता है अर्थहीन इंसान?

76. शेष क्या है, शेषनाग किस अवस्था का प्रतीक है?

77. विशेष क्या है, क्या विराट विशेष है?

78. क्या है विराट? यदि आप भगवान विराट से मिलोगे तो क्या कहोगे?

79. क्या विराट भगवान है?

80. यदि भगवान विराट मिलेंगे तो ..... ?

81. आपकी मुलाकात भगवान विराट से हो जाए तब क्या होगा?

इस विषय-सूची को मैं अपने पाठकों की सुविधा या ध्यान दिलाने के लिए लिख रहा हूँ। इसलिए पाठक ध्यान लगाकर पढ़ें और विषय-सूची के जवाब खुद खोजें।

**नोट :** सभी विषय-सूची के जवाब इस पुस्तक में हैं।

इस पुस्तक में शरीर नाशवान नहीं है। इसका प्रमाण पुस्तक में है। अभी तक संसार शरीर को नाशवान कहता आया है। पाठक मुझसे इसका जवाब लेना चाहें तो ले सकते हैं।

# भूमिका

जननी जन्म-भूमि स्वर्ग से बढ़कर है, ये तथ्य मेरे सामने आया तो, मैंने तय किया–''यथार्थ, जिसमें घर-परिवार, समाज, जन्म-भूमि के दर्शन विद्या, ज्ञान, तप, बल और त्याग अर्थात् धन रुपये-पैसे से दान और अपना स्वयं का खर्च लेकर करूँ, कहने का आशय ये है कि जन्म-भूमि के दर्शन से किसी भी अपने और बाहर वाले लोगों से किसी प्रकार की सेवा या अन्य वस्तु के लिए सहारा न लूँ। यहाँ तक कि किसी के घर के दरवाजे पर जाकर अन्न-वस्त्र के साथ पानी तक न लूँ।

कहने का तात्पर्य यह है कि स्वयं पर निर्भर रहकर जन्म-भूमि के दर्शन कर अपनी जन्म और जन्म-भूमि के तिनके-तिनके को प्यार दूँ और लूँ। तभी मेरा यथार्थ का दर्शन सम्भव है जब मैं पूर्णरूप से पुरुषार्थ करूँ। इसमें अपना जो मेरे पास है सब कुछ दांव पर लगा दूँ।

समय के गुजरते दौर में, ये बात 'जन्म-भूमि' स्वर्ग से बढ़कर है या नहीं, इस जिज्ञासा ने मुझे मजबूर कर दिया तो मैंने 'जन्म-भूमि' पर पड़ाव डाल दिया। क्योंकि मैं बचपन से ही 'जन्म-भूमि' से दूर रहा हूँ।

प्रिय पाठको मुझे जन्म-भूमि से क्या मिला और क्या नहीं मिला, मैं अपने अनुभव को इस पुस्तक में आपके सामने पेश कर रहा हूँ।

पाठक इस पुस्तक को पढ़कर अपनी सलाह या राय जरूर दें कि 'जन्म-भूमि' की ताकत' क्या है.....? मेरा अनुभव है कि ये ताकत आपको भगवान से मिलवा सकती है। .

यही वो ताकत है कि जो 'यथार्थ' से 'पुरुषार्थ' तक और पुरुषार्थ से परमार्थ तक का मार्ग दिखाती है, यही ताकत आपको मैं से मैं तक पहुँचाती है। यही ताकत मैं से मैं तक का मार्ग समाप्त करती हुई परम धाम तक ले जाती है, परमधाम ही 'भगवान का घर' जो 'एक धाम' है।

प्रिय पाठको अधिक न कुछ लिखते हुए मैं एस. के. पारासर पृष्ठ भूमिका यहीं समाप्त करता हूँ, साथ ही ये आशा भी करता हूँ कि ये पुस्तक आपको अच्छा संदेश देगी और पसन्द भी आएगी। इस पुस्तक का दूसरा भाग आपकी पसन्द भी आएगी। इस पुस्तक का दूसरा भाग आपकी पसन्द पर निर्भर करता है।

इस पुस्तक में मेरे जीवन का साढ़े सात वर्ष का हिस्सा है। ये साढ़े  सात वर्ष का पड़ाव मैं पुस्तक के पहले भाग को समाप्त करने के साथ समाप्त करता हूँ।

**एस. के. पाराशर**

# आभार

सबसे पहले में गांव के सभी बुजुर्गों, महिलाओं और उन नौजवानों को मान-सम्मान देता हूँ, जिन्होंने मेरे द्वारा 11 मई 2007 में लाई गई शिव परिवारों की मूर्ति शिवलिंग स्थापित और 20 मई 2007 को शिव यात्रा में शक्ति का दान दिया। ये शिव परिवार और शिवलिंग प्राचीन शिवालय में मेरी तरु से भेंट है।

इसके बाद में अपने माता-पिता जिन्होंने ये संघर्ष करने वाला शरीर दिया, जो आज तक स्वस्थ है उनको सत्-सत् प्रणाम करता हूँ।

इस पुस्तक को लिखने के लिए दो इंसान है। पहले इंसान ऋषि प्रकाश पाराशर जिन्होंने दस पैन हाथ में लिए और मेरी तरफ हाथ बढ़ाकर कहा-लो ये पैन और गांव के लिए इतिहास लिखो।

दुसरी अम्बिका एक बेनाम रिश्ता, जिसने मुझे दबाव देकर बार-बार कहा एक अच्छी पुस्तक लिखो जो यादगार हो।

मैं इन सबका आभार प्रकट करते हुए धन्यवाद देता हूँ।

**एस. के. पाराशर**

# जन्म-भूमि की ताकत

## "Power of Birth Place"

जन्म या जीवन और मृत्यु के रहस्य को जानने की जिज्ञासा ही, ज्ञान मार्ग के पथ पर ले जाती हुई भगवान के द्वार पर ले जाकर, परमतत्व में ले जाती है। जहाँ अक्षर ऊँ प्रब्रह्म, परमात्मा, योगेश्वर, नारायण, सर्वशक्ति मान विराजमान है। वो ही परमधाम है।

मैं से मैं तक जाने का मार्ग "**एक धाम**" है।

इस पुस्तक में 'जन्म-भूमि की ताकत' के महत्व को ध्यान में रखते हुए लेखक अपने आपको शरीर मात्र अर्थात् देव, दत, सत्य, काम पुरुष नाम का शरीर ही है, जो जन्म, जन्म भूमि की ताकत से पैदा होता है, वो पवित्र, शुद्ध और सिद्ध शरीर। हमने अपने शरीर को कितना अशुद्ध कर दिया, एक पवित्र, शुद्ध और सिद्ध शरीर कहाँ तक जा सकता है।

लेखक इस अपने शरीर की पवित्रता के साथ कहाँ तक जा सकता है यही.....मैं से मैं तक जाने का मार्ग है जो 'एक धाम' में जाता है।

**नोट :** पाठक इस पुस्तक को पढेंगे तो....लेखक के साथ 'एक धाम' में पहुँच सकते हैं। कृपया इसे ध्यान से पढ़ें।

## ''जन्म-भूमि की ताकत''

## Power of Birth Place

## मैं से मैं तक जाने का मार्ग

## 'एक धाम'

ये पुस्तक सभी जाति, समाज, सम्प्रदाय, धर्म, मज़हब, देश-विदेश अर्थात् पूरे ब्रह्माण्ड को ध्यान से रखकर लिखी जा रही है।

मैं ज्यादातर धर्म, ग्रंथियों और धर्म प्रचारक लोगों के मुख से एक ही बात सुनता हूँ। मन को रोको, मन को संभालो। भाई मन सिर्फ तीसरे नम्बर की कला है। मनुष्य का शरीर सोलह कलाओं से बना है। ऐसा मन का उपदेश देकर ये धर्म ग्रंथि अपनी सुविधा और रोटी से शौक, और अय्याशी पूरी करते रहते हैं।

क्या ये प्रचारक इतना नहीं जानते कि शरीर को भूख-प्यास के अलावा अन्य चीजों को हासिल करने के लिए विकल्प को खोजना पड़ता है। इन धर्म ग्रंथियों और प्रचारकों को तो अपने मन के उपदेश से सुविधा मिल गई। मैं इनको जो प्रचारक बनके बैठे, जनता को ठग रहे हैं। मैं जानना चाहता हूँ कि ऐसे मनन को क्या फायदा जिसका कोई विकल्प न हो। ये उपदेश भोले-भाले लोगों से दूर रखो।

मन क्या है?

मनन क्या है?

क्या है मनन और मन का विकल्प?

ये शुद्ध और सिद्ध शरीर के बाद की बाते हैं। पहले अपने घर-परिवार, समाज, गाँव, शहर को जन्म और जन्म-भूमि को शुद्ध बनाइए देश तो अपने आप ही शुद्ध हो जाएगा। जब देश हमारा शुद्ध है तो मन कहां अशुद्ध रहेगा।

यथार्थ में 'एक धाम' की तलाश का ज्ञान या मार्ग किसी 'पुरुषार्थ' करने वाले को ही हो सकता है। क्या आज के युग में पुररुषार्थ करने वाले व्यक्ति आपके घर-परिवार, समाज, गांव, शहर मैं हैं।

अगर आपके नजदीक कोई पुरुषार्थ की मूर्ति है तो समझ लीजिए वो आपकी 'जन्म-भूमि की ताकत', शुद्ध और सिद्ध शरीर है।

ऐसा 'पुरुषार्थ' करने वाला शरीर यथार्थ में 'एक धाम' जो जन्म-भूमि की ताकत के महत्व को समझकर परमार्थ की ओर जाना चाहता है। उसे जाने में सहयोग दें ताकि वो शरीर आपकी जन्म-भूमि की ताकत बन सके। अपनी जन्म-भूमि की ताकत को महत्व दें, और उस पुरुषार्थ करने वाले चरित्र को घर-परिवार, समाज, गाँव और शहर का प्रतीक बनाएं न कि ईर्ष्या, द्वेष के कारण घसीट कर नीचे गिराएं। संसार में कुछ ऐसे लोग भी हुए हैं

जो अपनी जन्म-भूमि की तलाश में अपने जन्म को ही खोजते-खोजते मृत्यु को प्राप्त हो गये।

जन्म और जन्म-भूमि की ताकत से एक महान योद्धा का शरीर मिला। ये शुद्ध और सिद्ध शरीर दानवीर बनकर जिसे हम भगवान कहते हैं, उसके सामने भी आया। इस शरीर को भगवान ने चक्रवर्ती राजा बनने का प्रस्ताव भी दिया लेकिन इस शरीर ने भगवान के दिए हुए तोहफे को भी ठोकर मार दी क्योंकि इस शरीर ने जन्म और जन्मू-भूमि की ताकत की तलाश में सारा जीवन अर्पण कर दिया था। जो इस महान शरीर का पुरुषार्थ ही था, वो अपने यथार्थ की खोज करता रहा। क्या हम इसे जन्म-भूमि की ताकत और महत्व का प्रमाण समझें......?

इस भटकते हुए शुद्ध और सिद्ध शरीर ने अपने चरित्र को ही प्रधानता दी, जिसका जन्म और जन्म-भूमि दोनों खो गये हों तो, वो तलाश तो जरूर करेगा, आज वर्तमान के युग में आम आदमी की छोटी-मोटी चीज भी खो जाए, तो विचलित हो जाता है जिसके कारण चरित्रहीन, बेईमान, झूठा, लालची होने के लिए भी तैयार रहता है। जन्म-भूमि और जन्म की तो बात ही छोड़ दीजिए।

इस 'पुरुषार्थ', करने वाले, योद्धा का, गृहस्थ यानि 'यथार्थ' कितना भयानक था, जिसके कारण सामने खड़े हुए भगवान से भी संधि या समझौता नहीं किया। क्योंकि ये योद्धा अपने चरित्र पर अटल रहा।

आज का मानव गृहस्थ समाज, क्या अपने शुद्ध और सिद्ध शरीर से जन्म या जन्म-भूमि से ऐसी ताकत हासिल नहीं कर सकता, जिससे कोई महान चरित्रवान त्याग की मूर्ति साबित हो सके। हमें ये कोशिश करनी चाहिए।

## संदेश

आदमी अपनी इच्छापूर्ति के लिए अहंकार वश दिन-रात काम में लगा रहता है उसे पता नहीं चलता कि वो अपनी जिन्दगी से कितना आगे निकल गया।

जब उसकी मुलाकात अपने आपसे होती है तो 'सत्य' का भी सामना करना पड़ता है तो लीजिए पेश है आपके सामने वो 'सत्य' जिसे आप कह नहीं पाते, सिर्फ सहे जाते हैं।

### एक नंगा सच.....?

आप रास्ते में अनजान जगह पर जा रहे हैं दूर से कोई रूप या आकार अथवा बुत या स्टॅचू नजर आता है।

क्या वो बुत या स्टैचू रूप या आकार इस बात का अहसास नहीं दिलाता कि सामने कोई जीवात्मा है।

इस बात या स्टैचू के अथवा रूप या आकार के दूर रहने और करीब जाने के बीच अहसास दिलाने वाली ताकत ही, सत्य के पीछे सत्य का विश्वास दिलाती है।

ये ज्ञान मार्ग पर जाने का उदाहरण मात्र है। इंसान को पहचान तब होती है। जब इंसान पहचान से आगे निकल जाता है। इसलिए

इस पुस्तक में आध्यात्मिक और अधिदेव ज्ञान पर जाने का मार्ग है। मैं से मैं तक जाने का मार्ग 'एक धाम'।

दुनियाँ में सभी इंसान कहीं न कहीं एक स्थायी मुकाम बनाकर रहते हैं। चाहे वे किसी भी धर्म या सम्प्रदाय के क्यों न हों। अन्य योनियाँ भी अपना स्थान प्रकृति में चुन ही लेती हैं।

यहाँ मेरे जीवन में एक विचित्र रचना है, जिसका मैं अपने आपको शिकार जैसा हुआ समझता हूँ, आम आदमी की तरह ही हूँ। सामाजिक, पारिवारिक, उच्च कुल, मध्यम वर्ग लोगों की श्रेणी से हूँ। समझने के लायक थोड़ा बहुत पढ़ा-लिखा भी हूँ। घूमने का शौक बचपन से रहा है। शायद इसलिए जीवन हवा के लिए झौंके की तरह चल रहा है और चलता भी जा रहा हूँ।

जीवन की इस दौड़ में धन-दौलत की कमी भी नहीं रही, कहने या महसूस करने के लिए घर-परिवार है, होने के नाम पर घर-परिवार में कुछ भी नहीं। यहाँ जीवन एक झटके की तरह महसूस हुआ, अभी तक एक सफल जीवन यात्रा थी।

अब ऐसा लगा जैसे जीवन 'थम' या रुक गया हो, यहाँ से मेरी जीवन यात्रा में ये ब्रेक या पड़ाव की तरह महसूस हो रहा है।

जीवन यात्रा में पड़ाव डालने के लिए कोई जगह तो चाहिए, कम से कम जीने के लिए अन्न, जल की भी जरूरत होती है। साथ ही धार्मिक, सामाजिक और पारिवारिक मुद्दों पर विचार पैदा हो चुके थे।

पिछले (7) वर्षों में मैंने काफी पैसा खर्च किया। यज्ञ-हवन, भण्डारे के प्रसाद, शिव-पूजा, तपस्या, साधना पर जीभरकर जोर दिया।

विद्वानों से सुना है-विद्या, ज्ञान, तप, बल, त्याग से मिलती हैं।

ये अनुभव होने के बाद मुझे ऐसा लग रहा था जैसे अंधेरे में रोशनी की किरण खोजना। क्योंकि बड़े भाई की मौत ने मुझे इस आध्यात्मिक तपस्या के पड़ाव पर आने के लिए मजबूर कर दिया। मुझे लगा कि परिवार की स्थिति दिशाहीन होती जा रही है। हालात को मद्‌देनजर रखते हुए, मुझे डर लगा रहता, इस मार्ग पर चलते-चलते कहीं मैं भी दिशाहीन न हो जाऊँ। इतना सचेत तैयार रहने के बाद भी मैं शून्य अवस्था में चला जाता। मुझे सचेत होने के लिए, ऐसा महसूस होता, मैं कहां हूँ?

अचानक परिवार की स्थिति पर ध्यान चला जाता। वैसे परिवार के नाम पर मुझे ज्ञात हुआ।

घर-परिवार संवेदना और संभावना अथवा प्यार-प्रेम से चलता है अकेले धन से नहीं।

रिश्तों को बनाने या जोड़ने में, पीढ़ियाँ लग लाती हैं, तोड़ने में एक मिनट नहीं लगता।

मैं एक बात कहना चाहुँगा, ऐसे मनुष्य को घर-परिवार से अलग कर देना चाहिए। जो अति सूद खोर और अति लोभी हो, ऐसा मनुष्य कुल-घातक होता है। क्योंकि घर को घर नहीं रहने

देता, दुकान बना देता है और परिवार के सदस्यों में व्यवहार बना देता है। बिमार आदमी को दवा नहीं दिला सकता, ऐसी प्रवृत्ति के कारण, घर में वैर-विरोध और फूट से बिखराव तो पैदा होता ही है, साथ ही किसी की जान भी जा सकती है।

मैं सोचता हूँ, कहीं यही विचार तो मुझे, इस पड़ाव पर नहीं ले आया। जहाँ सब कुछ होकर कुछ भी नहीं तो फिर मैं यहाँ क्यों हूँ?

वैसे शास्त्र कहते हैं-

जिस जगह पर भाई बंधु, परिवार, नार और थोड़ा-सा भी प्यार न हो, उस जगह को छोड़ देना चाहिए।

इस जगह जन्म-भूमि के स्वर्ग में न तो अन्न है और न ही जल है। कहने का मतलब है मेरी अपनी इज्ज़त ही नहीं।

अन्न-जल तो छोड़िए, जन्म-भूमि पर पड़ाव डालने के लिए जगह ही नहीं है।

ये जन्म-भूमि मेरे लिए वेलगाम घोड़ी की तरह थी। मैं अपनी मेहनत, बुद्धि, रुपये-पैसे, त्याग, तपस्या, ज्ञान और बल के कारण, इस बेलगाम घोड़ी पर रावार हो गया और जन्म-भूमि पर पड़ाव डालने में कामयाब रहा। अब परिवार या घर के लिए ......जहाँ तक मेरा अनुभव का ज्ञान है, मैं शादीशुदा नहीं हूँ। मैं यथार्थ गृहस्थ की ही देन हूँ।

अब ये बात दूसरी है कि मुझे जीवन-यात्रा के इस पड़ाव पर पुरुषार्थ करने का मौका अर्थात् अनुभव मिल रहा है।

गृहस्थ में हर परिवार का मुखिया प्रतिज्ञा करके अपने दरवाजे पर घायल अवस्था में अन्दर ही अन्दर भ्रमित यानि भीष्म बनकर अपने विचारों में कैद होकर अपने आपको जीवित रखे हुए है।

(भीष्म शब्द अर्थ है भ्रम) वो इसलिए एक बेटा, अथवा एक पौता, एक नया तीर मारकर नया जख्म दे **यही भीष्म की इच्छा-मृत्यु का भ्रम है।**

तड़पना और जीना परिवार के मुखिया को भीष्म की तरह भ्रम है। ये भ्रम ही इच्छा करके जिंदा रखता है। इस उम्मीद पर मेरे परिवार या कुल का कोई बेटा अथवा पोता, अमृत या गंगाजल की बूंद पिला दे।

इसलिए हर घर के दरवाजे पर घायल अवस्था में अपने जख्मों को भूलकर पड़ा है। ये जीने की इच्छा का कारण भ्रम ही है। **लेकिन मृत्यु हर भ्रम या हर भीष्म का अन्त है।** मृत्यु एक ऐसा आश्चर्य है जो इच्छा मृत्यु के वरदान को भी भुला देता है।

अब इस उदाहरण को आज के भीष्म जो घर का मुखिया है, वो कैसा है? कितना स्वार्थी, कितना गिर सकता है देखते हैं-घर परिवार।

इस पड़ाव पर मेरी नजर, एक घर के मुखिया अर्थात् एक भीष्म पर गई जो कालीदास की तरह जिस पेड़ की शाखा पर बैठा

है उसी शाखा को काट रहा है। ये अपने भाईयों को कमजोर और भिक्षुक देखना अथवा अपने घटिया भ्रम के कारण मृत्यु तक पहुँचाने की कोशिश कर रहा है। इसके लिए परिवार और भाईयों ने बहुत कुछ किया इसकी हर जिद्द पूरी की, अच्छी परवरिश, पूरी आजादी, नौकरी, शादी, पूरे परिवारजन ने सहयोग किया लेकिन इसने परिवार को अपने भ्रम के कारण तोड़ कर रख दिया।

वैसे इस हरे-भरे परिवार में आज तक कोई अपाहिज नहीं था। इस भीष्म यानि मुखिया और इसकी घरवाली, ने अपनी ऐश प्रवृत्ति के कारण आने वाली नई पीढ़ी को गर्भ में ही अपाहिज बना दिया। इस घर की छोटी बच्ची प्रमाण है।

ये मुखिया अर्थात् कैसा भीष्म या भ्रमित इंसान है जो सिर्फ अपनी ही सुविधाओं का गुलाम है।

ऐसे पड़ाव पर मैंने सोचा-इस मुखिया या भीष्म को देखने के लिए मैं भी सब कुछ मेरे पास जो भी है दाव पर लगा दूँ। क्योंकि जन्म-भूमि की ताकत का और गृहस्थ या घर-परिवार का ज्ञान और अनुभव तो पता चलेगा जिसके लिए मैंने पड़ाव डाला है।

वैसे इस मुखिया या भीष्म के घर-परिवार के अलावा मेरी इससे सात-साल से कोई बातचीत नहीं है, फिर भी इसकी हरकतें मेरे तक पहुंच ही जाती थीं। हाँ कभी-कभी तो मेरे दिल में ये जिज्ञासा होती कि इसे समझाऊँ लेकिन फिर सोचता-जब इसके बड़े भाई जो तीस साल से इसके लिए त्याग-तपस्या, पूजा-पाठ करके दुआ करते थे, जब ये इनको तीन सैकण्ड नहीं दे रहा है,

तो तू इसे क्या समझायेगा। कोई और समझाएगा जो इसके जैसा होगा वैसे पिछले तीस सालों में जब तक बड़े भाई के साथ में रहा समाज और गाँव में इस घर की अच्छाई के लिए मिसालें दी जाती थीं। अब ये परिवार कमजोर पड़ रहा है। ये आज का भीष्म अपने घर-परिवार वालों को विरासत में एक अपाहिज भविष्य देकर अपनी तारीफों के पुल बांधता रहता है।

वैसे ये मुखिया अर्थात् 'भीष्म' शादीशुदा होने के कारण महाभारत के भीष्म की तरह मरना नहीं चाहता, इसका चरित्र कुछ अलग है।

ये परिवार को खत्म करने के कगार पर खड़ा है। अगर कोई मैं या मेरे जैसा आदमी कोई नेक सलाह या बात करने की कोशिश करे तो-भगाने के चक्कर में बदतमीजी के साथ घटिया इल्जाम लगाकर, सामने वाले को बर्बाद करने की सभी हदें पार कर देता।

**अपनी सुविधा और स्वार्थ के पीछे, अपनों की मृत्यु का भी भय नहीं है।** ये जो घर-परिवार में कहता और करता है गलत को भी ठीक समझा जाता है। बस अपनी अति सूदखोर और अति लोभी प्रवृत्ति का गुलाम है। अब इसकी और औरत-एक दम संस्कारहीन परिवार पर चोरी-चकारी के इल्जाम लगाकर अपनी सुविधा खोजती रहती है। इसे अपनी आजादी से मतलब है। कोई परवाह नहीं। भले ही इसके घटिया इल्जामों से घर का सदस्य खुदकुशी कर ले।

सोच ऐसी जेसे कोई कंगला भिखारी अच्छे घर में आकर, नाच न जाने आंगन टेढ़ा बताता हो। पति यानि भीष्म को इस पत्नी के सिवाय कुछ दिखाई नहीं देता।

ऐसा आदमी जिसकी ऐसी प्रवृत्ति हो, अति सूदखोर और लोभी, हो तो वो कुल-घातक होता है। चमड़ी जाए पर दमड़ी न जाए इस आदमी के सामने भले ही दवा के बिना आदमी मर जाए, कोई फर्क नहीं पड़ता।

मुफ्त में सबसे बड़ा बनने का शौक और मुंह पर गाली, बदतमीजी सदा रहती। छोटा होने के कारण नाजायज प्यार मिला जिसका गलत फायदा लेता रहा।

ऐसा मुखिया या भीष्म, घर-परिवार जिसका आश्रित हो तो आत्मविश्वास और मनोबल गिर जाता है, जिसके कारण संस्कार और चरित्र भी नहीं रहता।

जब कुल या घर-परिवार या ऐसा मुखिया या भीष्म हो तो भविष्य में कैसे चरित्रवान बच्चा पैदा होगा।

इस अपाहिज भविष्य और चरित्र को देखकर मेरा मन, घबराता है, घुटन होती है।

अब मैं भी यथार्थ के ज्ञान और अनुभव से निकलकर 'पुरुषार्थ' करता हुआ, अर्थात् पुरुषार्थ के दर्शन करता हुआ 'परमार्थ' को समझ पाऊँगा या नहीं।

क्योंकि मेरा निजी तौर पर काफी नुकसान हो रहा है। जैसे जमा-पूंजी, कैरियर, सबसे कीमती जीवन के सात-साल जवानी के सात-साल बेकार जाए आज के जमाने में मायने रखते हैं। **मुझे अपने, गाँव, समाज या परिवार से कोई शिकायत नहीं।**

हमारे लिए रिश्ते भिड़े तो हैं, सिर्फ कहने के लिए। वैसे इन रिश्तों से अन्न तो दूर बात है एक बूँद पानी भी उम्मीद नहीं है। ऐसा पड़ाव है ये। क्योंकि ये मेरा विषय है, कि जन्म-भूमि की ताकत का महत्व स्वर्ग से बढ़कर है या नहीं।

यही अनुभव और ज्ञान मेरे लिए कल्याण अथवा वरदान साबित होगा।

मैं इस जन्म-भूमि के महत्व और ताकत को समझता हुआ, नित कर्म में लगा हुआ, अपने अन्दर काफी परिवर्तन भी देख रहा हूँ।

पूजा-पाठ, तपस्या और धार्मिक प्रवृत्ति के कारण मेरी जिन्दगी बदलती जा रही थी। लोगों से सामान्य रिश्ते भी टूटते जा रहे थे। गाँव में किसी भी घर में जाना या अपने घर-परिवार में जाना तो दूर की बात है, परिवार के किसी सदस्य से बातचीत तक नहीं होती।

शिवालय पर स्नान-ध्यान के बाद, गाँव से बाहर एक साईड में एक बेकार जगह थी मैंने खर्चा करके उसे ठीक करा लिया। ये जगह 40-50 साल से मेरी माँ के आधीन थी। इसी जगह में पौधे-पेड़ लगाकर, पानी वगैरा देता रहता और भजन-पूजा करता

रहता। समय के इस पड़ाव पर मैं एक साधु संन्यासी की तरह ही दिखाई देने लगा था कुछ लोग तो मुझे बाबा भी कहने लगे थे।

आप समझ सकते हैं कि आपको अपनी जन्म-भूमि पर साधु बाबा या संन्यासी कहते तो कैसा लगता है। कुछ तो मुझे पाखण्डी बोल मजाक उड़ाते थे। अब मुझे इस पड़ाव पर महसूस हो रहा है कि रिश्तों का कोई महत्व ही नहीं।

जहाँ तक मेरा ख्याल है कि, रिश्तों को जोड़ने के लिए किसी मतलब या स्वार्थ अथवा आप किसी की जरूरत के लिए बने रहो।

**विद्वानों का भी यही मत है कि मर जाऊँ, मुझे इस बात का गम नहीं, मेरे मरने से किसी और को दुःख या तकलीफ न हो जाए, इसलिए मैं जिन्दा हूँ।**

इस मत से एक बात तो साबित होती है। लोग किसी से रिश्ता नहीं तोड़ पाते, खुद टूटकर बिखर जाते हैं।

हम रिश्तों के नाम शब्द को ढाल बनाकर जीते रहते हैं। क्या यही जीवन है? हाँ अगर यही जीवन है तो मुझे नहीं ऐसी भीड़ भरा जीवन जीना, ऐसा पुरुषार्थ मुझे नहीं करना, मुझे इस पुरुषार्थ से आगे जाना है। मेरे पुरुषार्थ का ये पड़ाव खत्म होने जा रहा है।

क्योंकि वजह भी खत्म हो चुकी 2007 से 2013 तक यथार्थ से पुरुषार्थ का सफर भी इस पड़ाव पर खत्म हो चुका, अब मुझे परमार्थ की ओर जाना चाहिए।

इसलिए मैं यथार्थ से पुरुषार्थ, पुरुषार्थ से परमार्थ के अनुभव और ज्ञान जो भी गाँव व जन्म-भूमि की ताकत और महत्व को समझने से स्वर्ग-नर्क का ज्ञान हुआ, उसे मैंने इस पुस्तक में उतारने की कोशिश की है।

अब यहाँ के हालात देखकर मुझे महसूस हो चुका है कि मैं किसी के मतलब का स्वार्थ अथवा मतलब के लिए हूँ और न ही कोई मेरे लिए है।

तो फिर ये खोखले 'शब्द' या नाम रिश्तों की ढाल क्यों बने हुए हैं। इस शब्द का नाम के रिश्तों का मग्न करने से अच्छा तो मैं परमार्थ की ओर चलूं और सत्य का सनातन के बारे में विचार करूंगा और सोचूँगा।

उसके बारे में वो शाश्वत सत्य जहाँ से संसार के सभी लोग निकल कर आते हैं।

आत्मत्व से जो मार्ग परम तत्व की ओर ले जाता है। मैंने सोचा ये मार्ग मुझे, मुझसे मिलवा सकता है। किसी चीज का पूर्णरूप मिला जाना ही तो उसका अन्त है। इससे अच्छा तो मैं उससे मिलूं जो परमधाम का मालिक है। यही मेरे लिए एक मार्ग है। मैं से मैं तक जाने का मार्ग–परम धाम ही **एक धाम** है।

मैं एक लेखक हूँ, जगह-जगह से जानकारी लेना मेरे पेशा का हिस्सा रहा है धर्म-ग्रन्थ अथवा परमात्मा के विषय में अध्ययन, अथवा जीवन या जन्म-मृत्यु के रहस्य की जानकारी हासिल करना। आदि-आदि।

ये सब बात करते हुए, मेरे जीवन में एक सवाल पैदा हो गया कि जन्म-भूमि का महत्व स्वर्ग से बढ़कर है। मैंने सोचा ऐसा है तो स्वर्ग तो देखने के लिए नहीं मिला, कम से कम स्वर्ग से बढ;कर क्या है उसे तो देख लूँ।

कुदरत की भी अजीब दास्तान हुई, समय ने अपना रुख बदला, जीवन में एक जोरदार घटना घटी जिसके कारण गाँव की जन्म-भूमि पर आकर पड़ाव डालना पड़ा, वरना कोई बेवकूफ या पागल होगा जो आज के आधुनिक युग में अपने कैरियर और व्यापार को लात मार, महानगर से गाँव में आयेगा, वो बेवकूफ कोई और नहीं है, वो बेवकूफ मैं स्वयं हूँ।

वैसे जीवन की गाड़ी एक बार पटरी से उतर जाती है तो वापस लाईन पर नहीं आती या फिर मुश्किल से आ पाती है। कभी-कभी मेरे जैसे बेवकूफ के लिए कोई जगह नहीं होती। जिन्दगी निढाल और बेमकसद हो जाती है तो जन्म-भूमि तो दूर की बात है।

मैं फिर स्वयं अपने आपको खोजने लग जाता हूँ। मैं यहाँ क्यों हूँ अथवा मैं कहा हूँ? यही सवाल मैं खुद से करने लगता हूँ।

वैसे अभी तक मेरे चरित्र में कोई गिरावट या दाग नहीं है न तो कोई पारिवारिक, सामाजिक, राजनैतिक मसलों में रहा अथवा बढ़-चढ़कर हिस्सा लेने की कोशिश भी नहीं की और आदत, जो सादा खाना-पीना, पहनना-ओढ़ना ही चलता या उसी में खुश रहता। यहाँ गाँव में शराबी, चरसी अथवा नुक्कड़ पर अबारा लोगों

और जवान फैशन और स्टाइल दिखाने वालों से दूर रहता, हाँ अगर कोई टकरा भी जाता तो बचकर निकल जाता हूँ।

यहाँ गाँव के बारे में कभी बचपन में सुना था बड़ा आदर्श गाँव कहते थे, अब मैं पचास से ऊपर की उम्र का हूँ, काफी अर्से के बाद मेरा पड़ाव है, या गाँव में आना हुआ, बस मन में जिज्ञासा हुई, सामने रास्ते पर कुछ नौजवानों को खड़े हुए बातें करते देखा, ये बातों से काफी पढ़े-लिखे लग रहे थे शायद किसी अच्छे परिवार के बच्चे थे। मैंने पास जाकर उनसे पूछा.. क्या बातें हो रही है?

जवाब : अब इस गाँव में मन भर गया।

क्यों ऐसा क्या हो गया?

जवाब : बस यूँ ही चारों ओर मारधाड़ खून-खराबा, वैर-विरोध एक-दूसरे की निन्दा, चोरी-चुगली, छोटे बड़ों से न कोई बोलने का कायदा और न ही शर्म रही।

फिर भी काफी बड़ा गाँव है लोग तो रहते हैं, ऐतिहासिक गाँव रहा है भाई।

जवाब : मजबूरी में कहाँ जाएं, जिनके पास खेती-बाड़ी अच्छी-खासी जमीन है। कुछ तो बेरोजगारी के कारण आवारगी और गुण्डागर्दी पर उतरे हुए हैं और कुछ जमीन बेचकर शौक और दिखावे अथवा गन्दी आदतों के शिकार, चरस, शराब, अय्याशी और लोफर लोगों का इतिहास बन रहा है, इस साल में 50 से 60

साल से तो जेल में बन्द हैं, पुलिस वाले भी यही सोचकर दुआ मांगते रहते हैं, बस ये गाँव बना रहे। ऐसा होता है ऐतिहासिक गाँव जिसमें माँ, बहन, बेटियों से भी नहीं शर्माते।

मेरे ऊपर वे पूरे जोश में आकर बरस पड़ा, मैं हैरान था? मैंने शान्त भाव में एक सवाल और कर दिया, मौका पाकर कहा—नहीं भाई काफी आदर्श गाँव रहा है बचपन में लोगों से सुनता था।

जवाब : बस अब आप जाने दीजिए। (चिड़कर चलते हुए) इतना कुछ सुनने के बाद आदर्श बाकी रह गये। कुछ दिन रहकर देखो, खुद के आदर्श भूल जाएंगे। चलो जाओ अपना काम करो—वरना हम जा रहे हैं।

वे चले गये मैं हैरान निगाहों से देखता रह गया और सोचने लगा।

कमाल की बात है? सात सौ साल से पुराना गाँव न जाने क्या हो गया?

जो गाँव (700) सात सौ सालों की गुलामी में ऐतिहासिक और आदर्श था, जिसमें आजादी के बाद रूस का राष्ट्रपति हिन्दुस्तान का आदर्श गाँव बोलकर गया हो, वो गाँव सिर्फ (65) पैंसठ साल की आजादी में ऐतिहासिक और आदर्श क्यों नहीं रहा?

इस सवाल ने मेरी जिज्ञासा और बढ़ा दी, मैं आजादी के बाद जो सुविधा सरकार की ओर से मिली हुई है।

शहर से गाँव तक पक्की सड़क और गलियां कच्चे से पक्के मकान, बैंक, डाकखाना, अस्पताल, पावर हाउस, बिजली-पानी की सुविधा के इलावा तीन सरकारी स्कूल, हमारी समय में साइकिल बड़ी चीज लगती थी आज हर घर में मोटरगाड़ी खड़ी है, यहाँ की जमीन भी काफी उपजाऊ है। अनेक सुविधाओं के बाद भी अमन चैन नहीं है। इस गाँव में जो ऐतिहासिक किस्से और धर्म कर्म के आदर्श थे सभी खत्म हो चुके हैं। मेरे मन में एक विचार आया, आजादी और सुविधाओं के कारण शिक्षा का प्रभाव है। फिर भी मैंने सोचा कुछ तो होगा जिसकी वजह से इतना बड़ा गाँव है।

देखने में आया 30-40 गाँव ने मिलकर एक गऊशाला गठन करके चला रखी है जिसमें हजारों गाँव हैं और कुछ प्राचीन मंदिर शिवालय भी हैं, एक और खास बात लोगों से सुनने में आई थी कि इस गाँव में अढ़ाई दिन जीने का मतलब था कि दूसरी जगह सौ साल जीना, यहाँ के अढ़ाई दिन के बराबर है। ऐसी मिसाल दी जाती थी सुन्दरता की बात गाँव के बीच में से एक छोटी-सी नहर सिंचाई के लिए खेतों में जाती है, कभी ये नहर 52 मोरी के पुल (जो कि शेरशाह सूरी ने बनवाया है।) के नीचे से बहती थी। छोटी-छोटी 52 धाराएं, जिनमें बैठकर स्वर्ग जैसा लगता था)।

ये सब होते हुए भी गाँव के शिक्षित नौजवानों का ये नजरिया क्यों है। ये सब जानने के लिए मैंने भी पड़ाव डालने के लिए कमर कस ली है। वैसे मेरी सादगी के कारण अथवा सामाजिक

परम्परा जैसे शादीशुदा न होने या करने के कारण थे, जिसकी वजह से घर-परिवार रिश्तेदारों अथवा समाज में बढ़चढ़कर हिस्सा न लेने की बजाय मुझे अपनी सादगी में रहने की आदत जैसी बना रखी थी। जो रुपया-पैसा कमाता घर पर होली-दिवाली अथवा शादी-विवाह और घर को बनाने पर खर्च करके चला जाता, इस तरह आया राम और गया राम की तरह जीवन जा रहा था। घर में या बाहर गाँव के लोगों में मुझे न तो कोई गिनता था और न ही कोई खासतौर पर मेरी इज्जत थी। इसलिए मुझे घरवालों अथवा बाहर के लोगों की बदतमीजी बरदाश्त करने की आदत पड़ गई थी। कोई कुछ भी मजाक या छेड़खानी करता या गाली भी दे देता तो मैं चुपचाप हंसकर टाल देता था।

लेकिन इस बार जो घटना घटी इसने सीरीयस होने के लिए मजबूर कर दिया, अब इस गाँव में मेरा पड़ाव है जहाँ मेरे लिए सारे गाँव के दरवाजे बन्द हैं। यहाँ से जीने का रास्ता निकालना है। क्योंकि इस पड़ाव की सीमा का समय निर्धारित नहीं है। इसलिए मैंने पाँच से सात साल का बजट भी बनाया है। जीवन काफी संघर्षमय रहा है। सहन शक्ति भी है। अब गाँव में क्या किया जाए, ये सवाल है? काफी भागदौड़ हो चुकी, मैंने वेदों में कहीं पढ़ा था। अगर **कर्म धर्म के साथ किया जाए तो अर्थ मोक्ष होता है**। तो मैंने भी तय कर लिया, धर्म मार्ग पर त्याग-तपस्या, भक्ति-योग-साधना, शिवालय में मूर्ति शिव परिवार, शिवलिंग आदि स्थापित करके हर साल भोग या प्रसाद एक टाइम खाना, नित्य चार पूजा, चारों दिशाओं की साल के 365 दिनों में निर्वस्त्र

रहना, **प्रकृति और जीव में सम्मान भाव देखना**, अग्नि या गर्म कपड़ों का जीरो डिग्री में भी सहारा न लेना। जिससे शरीर पर प्रकृति ऋतुओं के प्रभाव का ज्ञान होता है। ये मेरी तपस्या का हिस्सा है।

सबसे बड़ी समस्या ये होती है, अपने जन्म स्थान पर अपने लोगों के बीच रह कर आँखें मिलाकर त्याग अथवा भक्ति करना, क्योंकि जन्म स्थान पर लोगों को चिड़ाने गंदा बोलने, छेड़खानी करने, मजाक-मस्ती आदि से बचना मुश्किल होता है, अपनी इज्जत पोजीसन या खानदान के परवाह की जाती है, कहीं गाँव में समाज में अथवा सगे-सम्बन्धियों व माता पिता के नाम या प्रतिष्ठा पर दाग न लग जाए, शहर की अपेक्षा, गाँव में कई बार चाय तक पीने की सुविधा नहीं होती। शरीर को भक्ति या तपस्या के दौरान जिन्दा रहने की सुविधा तो होनी ही चाहिए। क्योंकि कोई भी ज्ञान, भक्ति, तप, योग साधना करने के लिए सचेत भक्ति ही महान **यहाँ तक ही आत्मा को जानने के लिए भी स्वस्थ्य शरीर का होना जरूरी है।**

शरीर की सुविधाओं के लिए लोग जन्म-भूमि से दूर हो जाते हैं और भिक्षा मांगते हैं लेकिन अपने लोगों के बीच रहकर, आंखें मिलाकर, भिक्षुक बनने में शर्म आती है। लोगों के ताने, बेइज्जती की वजह से/हमारे गाँव में भी आकर पैसा आदि मांगते हैं। और भण्डारे में अपने लोगों से सुविधा लेते हैं, अर्थात् कि यहीं का अन्न यहीं का धन, और यहीं लोगों से सेवा फण्ड-पाखण्ड करके

खिलवाड़ करते हैं। हमारे लोग भी ऐसे लोगों के पैरों में गिरे रहते हैं। फिर उस ठग को सार्वजनिक स्थान पर सुविधा अथवा अड्डा मिलता है। जहाँ वो पाखंडी गाँव के श्रद्धालु लोगों के अन्न-धन से शोषण करने में लग जाता है। गाँव में मुफ्त भोगी, आवारा, जवान और बच्चे चरस, शराब के सेवन से जीवन बेकार कर लेते हैं, ऐसे भण्डारा करने वालों को तपस्वियों की श्रेणी मिलती है, गाँव वाले भी नहीं समझ पाते और ये पाखंड का खेल चलता रहता है। गाँव के लोगों में आवारा, शराबी जो बाबा के खास बने हुए हैं, वही बाबा का प्रचार करते हैं, बड़ा सिद्ध बाबा है। ये एक अंधविश्वास की तरह ही है।

मैं अपने त्याग, तपस्या और अनुभव से, ये संदेश दे कर सावधान करना चाहूँगा ऐसे ढोंगी भण्डारियों बाबा लोगों से बचे रहें, जिससे गाँव, समाज अथवा आने वाली नई पीढ़ियों का भविष्य खराब न हो। मैं इन अंधविश्वास करने वालों को ये समझाना चाहता हूँ।

क्या ये ढोंगी बाबा लाल-पीले और गेरूवे वस्त्र पहनकर साधु का भेष बनाकर, अपने गाँव, अपने शहर और अपने परिवार के सामने, भीख मांगे, लोगों से भण्डारे के नाम पर पैसा इकट्ठा करें और फिर गाँव में किसी सार्वजनिक जगह पर बैठकर अड्डा जमायें, अपने गाँवों के लोगों को शराब, चरस पिलायें और बच्चों से खिलवाड़ करे नौजवानों की जिन्दगी बर्बाद करते तो अपने जन्म स्थान या जन्म-भूमि पर तो अपने परिवार, समाज में भीगी बिल्ली बनकर या कुत्ते की तरह दुम दबाकर रहते हैं।

अपने जन्म स्थान या जन्म-भूमि पर ढोंग किया तो जूते पड़ेंगे तब इन्हे पता चलेगा कि ढोंग का क्या होता है। ये ढोंगी बेइज्जती के डर से दूसरे गाँव या स्थानों पर जगह बदलते रहते हैं और अपनी ऐश परस्ती का सामान जुटाते रहते हैं।

मैं अपने त्याग तपस्या और अनुभव से ये संदेश देकर सावधान करना चाहूँगा, ऐसे ढोंगी भण्डारियों बाबा लोगों से बचे रहें, गाँव समाज अथवा आने वाली नई पीढ़ियों का भविष्य खराब या बर्बाद न हो। ये जन्म-भूमि मेरी जीवन-यात्रा के पड़ाव का हिस्सा है।

अब इस पड़ाव का पता नहीं है, रहेगा या नहीं, सात-साल का जो बजट था, वो भी खत्म हो चुका है।

ऐसा लगता है कि मैं खो गया हूँ और महसूस कर रहा हूँ जैसे खुद की खोज में हूँ। मैं कहां हूँ? और कैसा हूँ? क्या वैसा ही हूँ जो सात साल पहले आया था वैसा....? जरा देखूं तो मैं कहां हूँ....? इस जीवन यात्रा में, मेरी धड़कन और सांसें सवाल कर रही हैं।

मैं सूक्ष्म हूँ या विराट

अनुभव हूँ या अनुमान

मैं हूँ या नहीं हूँ

हूँ तो कहां हूँ

जी हाँ यही सवाल है जो कि बार-बार दोहराता रहता हूँ कि मैं कहां हूँ?

शायद मैं अपनी खुद की तलाश में तो, इस पड़ाव पर नहीं आया।

अभी तक सात साल हो चुके, 2007 से 2013 तक मेरी तलाश खत्म नहीं हुई, मुझे हर पल ऐसा प्रतीत होता है कि जैसे मैं अपने होने या जीने के बहाने ढूंढ रहा हूँ। लेकिन वास्तविकता से उतना ही दूर चला जाता हूँ, जितना मुकाम के नजदीक आता हूँ। धीरे-धीरे स्थिति स्वीकारणीय लगने लगती है। जैसे कोई आदत बन गई हो, परिवार वाले, दोस्त, सगे-सम्बन्धी, जाने-अनजाने अनेक तरह के लोगों को कुछ समय के लिए महसूस तो करता हूँ, लेकिन ज्यों ही एकान्त में अकेला होता हूँ, तो फिर मेरी तलाश शुरू हो जाती ?

कि मैं कहाँ हूँ?

वेद कहते हैं कि जन्म-भूमि का महत्व स्वर्ग से बढ़कर है। ये वैदिक बात है। इतना कुछ होने के बाद, मैं तो जन्म-भूमि को चाहता हूँ। और आज भी ऐसी बात नहीं है कि मेरे चरित्र में कोई कमी है। एकदम बेदाग हूँ, जन्म-भूमि के इस पड़ाव पर त्याग, तपस्या, धर्म कर्म के कई प्रमाण भी दिये। साथ ही एक बात का खास ध्यान भी रखा, यहाँ मेरी वजह से किसी को कोई तकलीफ न हो। इसलिए मैं अपने परिवार के अलावा गाँव के किसी दरवाजे पर नहीं गया। मेरे अन्दर एक जिज्ञासा थी कि ये तो मैं भूल ही

चुका कि मैं कहां हूँ? कम से कम इस वैदिक शिक्षा में दिये गये स्वर्ग को तो देख ही लूँ। वैसे अपने स्थान यानि कि जन्म-भूमि पर चाहे आप कितनी भी त्याग-तपस्या धर्म-कर्म के प्रमाण दें। यहाँ के लोग सात पीढ़ियों के दाग ढूंढने लग जाते हैं और घटिया लांछन लगाकर ताने देकर दुःखी करने लगते हैं। आंखें मिलाकर अपने लोगों के बीच धर्मकर्म त्याग तपस्या करना आसान काम नहीं है जितना मैं अच्छा करता, उतना ही गिराने के लिए लोगों की तैयारी होती रही।

अब जरा सोचिए–जिस जन्म-भूमि पर, मेरे अपने मेरे नाम, शक्ल, कामयाबी त्याग, तपस्या, धर्म कर्म से नफरत करने लग जाएं, तो जन्म-भूमि तो दूर की बात है मैं तो फिर खुद को भी भूल जाता हूँ। और फिर खोजने लगता हूँ कि मैं कहां हूँ? शायद इस ऐतिहासिक दृष्टान्त से कोई दिशा मिल जाए। दुर्भाग्य की बात तो ये है कि विभीषण, सुग्रीव या दुर्योधन जैसे लोगों की कमी, न तो, इतिहास से पहले थी और न ही आज है।

विभीषण और सुग्रीव की संगति के कारण बाली की धोखे से की गई हत्या ने तो **राम के चरित्र** पर भी दाग लगा दिया था।

बाली ने राम को नपुंसक और कायर, धोखेबाज की संज्ञा दी।

जब ऐसी अवतरित त्याग की मूर्ति को कठिन परीक्षा देते हुए, लव-कुश और **पत्नी सीता** को त्यागने के बाद **जल समाधि** लेनी पड़ी तो फिर मैं क्या चीज हूँ।

भाई की मिसाल तो भरत ने दी, भगवान राम के पैरों की धूलि की पूजा की लेकिन जब सुग्रीव और विभीषण के साथ राम अयोध्या लौटे तो....?

भरत ने राम को युद्ध के लिए चेतावनी दी कि अयोध्या में ये परम्परा नहीं है? अपने भाईयों की हत्या करके खुद राजगद्दी पर बैठें, यहाँ तो बड़े भाई के पैरों की धूलि की पूजा होती है। अगर सुग्रीव या विभीषण जैसे भाइयों को साथ लेकर अयोध्या में प्रवेश किया तो मर्यादा पुरषोत्तम राम, इस अपने भाई भरत की लाश पर से गुजरना होगा। भगवान राम ने सुग्रीव और विभीषण को अयोध्या में प्रवेश से पहले ही विदा कर दिया और भरत को गले लगा लिया।

ये रामायण में भरत मिलाप की घटना है। मैं अपने गाँव के लोगों को भरत के रूप में देखना चाहता हूँ कि साथ ही ये संदेश भी देना चाहता हूँ कि विद्या, ज्ञान, तप, बल के साथ त्याग की मूर्ति बनो। आपस में एक-दूसरे में मतभेद पैदा करके एक-दूसरे को मत गिराओ.....रिश्ते तोड़ना आसान है, रिश्ते बनाने में कई पीढ़ियाँ गुजर जाती हैं।

जहाँ तक मेरा ख्याल है, मैंने जीवन यात्रा के इस पड़ाव पर पाया-**संस्कृति, सभ्यता और संस्कार।** एक विरासत की तरह संभाल कर रखे जाते थे, लेकिन आज सुविधाओं और दौलत की भूख ने ज्यादातर लोगों को पागल कर दिया, विद्या है, ज्ञान, तप, या त्याग तो शब्द मात्र बनकर रह गये हैं। ईर्ष्या ने जन्म ले लिया।

जीवन यात्रा मुश्किल होती जा रही है। शिक्षा और ज्ञान शब्द मात्र बनकर रह गये हैं।

जीवन यात्रा पर तपस्वी महात्मा या ऋषि यहाँ तक कि जो अवतार लेकर आने वाले चरित्र जिन्हें हम भगवान कहते हैं, वे भी अपने शरीर के किसी हिस्से में प्राणों को छुपाकर रखते थे। उदाहरण के लिए, तपोबल के कारण नाभि में रावण के प्राण थे।

अवतरित भगवानों में श्रीकृष्ण के प्राण पैर के निचले हिस्से में थे। प्राणों का भय शरीरधारी होने के कारण लगा ही रहता है।

स्वर्ग का राजा इन्द्र बनने पर भी ब्रह्मा जी से उहोंने किया कि हे ब्रह्म देव, शरीर के होते हुए जब मैं निद्रा में हूँगा तो मेरे शरीर और प्राणों को खतरा है। **इसलिए मैं बिना शरीर के जीना चाहता हूँ।**

ब्रह्म जी ने इन्द्र को दृश्य-अदृश्य या व्यक्त-अव्यक्त होने का वरदान तो दे दिया लेकिन इस कला का पूर्ण ज्ञान नहीं दिया। इस तरह इन्द्र **स्वर्ग के राजा बने, जीवन यात्रा में इन्द्र देव को भी प्राणों का खतरा बना रहता है।**

प्राणों को शरीर के किसी भी हिस्से में छुपाकर रखने की कला, विद्या, ज्ञान, तप, बल, त्याग से मिलती थी। आज के हालात ये हैं कि सभी कलाएं लुप्त हो गई हैं। चेतावनी देकर भविष्यवक्ता हर कोई बनना चाहता है।

आज के युग में बड़े-बड़े डाक्टर-सर्जन अथवा वैज्ञानिक भी प्राणों की रक्षा के लिए राहत कार्य में लगे हैं। लेकिन जिसे हम 'सर्वशक्तिमान' कहते हैं, वो अपने आप में एक ऐसा रहस्य बना हुआ है जैसे सभी विज्ञानों को अपने एक ही ज्ञान में समेट कर बैठा हो। "जीव और प्रकृति" ये भी अपने-अपने चरित्र की तरह ही हैं। जैसे प्रकृति अपने अन्दर अनन्त गुण, रहस्य की तरह समेटे हुए है। ठीक वैसे ही जीवों में जो सर्वश्रेष्ठ मनुष्य भी अपने बल, बुद्धि, विद्या, ज्ञान, त्याग के दम पर प्रकृति से भागने की कोशिश करता है।

**लेकिन अनन्त विषय और गुण होने के कारण प्रकृति सर्वश्रेष्ठ मनुष्य के बल, बुद्धि, विद्या, ज्ञान को खत्म करने में कामयाब हो जाती है।**

जीव यानि कि मनुष्य प्रकृति के इस खेल को समझने से पहले ही मृत्यु को प्राप्त हो जाता है। इसलिए ये सबसे आश्चर्यजनक, जन्म और मृत्यु रहस्य बने रहते हैं।

जहाँ तक मेरा ख्याल है कि डॉक्टरों, सर्जन या वैज्ञानिकों के पास ऐसा कोई विकल्प या साधन नहीं है, जो कि प्राण बचाना या बनाना जानते हों।

वैसे तो मनुष्य एक-दूसरे पर शक करते ही हैं फिर भगवान पर भी करें तो क्या बुराई है।

संसार इतिहास से भरा हुआ है, अनेकों बार मनुष्यों ने अवतरित भगवानों और इसके फरिश्तों को सजा दी है, मनुष्य

जाति की प्रवृत्ति ही ऐसी है **त्याग और बलिदान** करने वालों को मृत्यु के बाद ही उन महान आत्माओं की मूर्ति या मजार को पूजा जाता है। किसी महान आत्मा को जब वो आत्मा जिन्दा शरीरधारी होती है, उसे नहीं पूजा जाता बल्कि उसकी परीक्षा ली जाती है। अपने गुण, अवगुण छुपाकर रखना आम आदमी की आदत जैसी बनी हुई है। मूर्ख मनुष्य भूल जाता है कि जो भी गुण अवगुण लिए है जन्म से लेकर मृत्यु तक प्रकृति से लिए हैं।

जिस तरह मनुष्य जाति एक-दूसरे को जैसे-जैसे ठगने में लगी है। प्रकृति अपना सब कुछ जीव यानि मनुष्य जाति से छीन लेती है। ये न्याय-अन्याय की पराकाष्ठा है। 'प्रकृति' एक सांस या एक कदम भी अपने ऊपर बर्दाश्त नहीं करती जिस तरह जीव यानि मनुष्य अपने हक पर किसी दूसरे मनुष्य को बर्दाश्त नहीं करता अपनी अज्ञानता के कारण जीव यानि कि मनुष्य मरता और जन्म लेता रहता है। व्यर्थ में अपने पापों को छुपाकर दूसरों की परीक्षा लेता रहता है। जब उसकी परीक्षा होती है तो अपने अलावा परिवार, सगे-सम्बन्धियों को भी आफत में डाल देता है।

इसी अज्ञानता और मतभेद के कारण लोगों ने अपने-अपने भगवान भी बांट रखे हैं या बना रखे हैं।

यहाँ किसी ने खूब लिखा या कहा है–

इंसान बिक गया

इमान बिक गया

जिस भाव भी खरीदा, इंसान बिक गया

आकार के बिना पत्थर का बना रहा

आकार जो मिला, तो भगवान बन गया।

सृष्टि के जीवों में सबसे ज्यादा श्रेष्ठ और ज्ञानी आश्चर्यचकित करने वाला मनुष्य भूल जाता है कि परमात्मा ने तेरे लिए सबसे आखिरी आश्चर्य तैयार किया है। जिसे मृत्यु कहते हैं। इस आश्चर्य के सामने सारा ज्ञान किया धरा रह जाता है। जब ये श्रेष्ठ और ज्ञानी मनुष्य मृत्यु से भयभीत होते हैं तो **अंधविश्वास** के कारण अपने-अपने भगवान और धर्म ग्रंथियों की ओर प्रस्थान करते हैं।

कुछ लोगों को तो मैंने अपने धर्म और भगवानों से भी भागते देखा है। (धर्मपरिवर्तन)

**अंधविश्वास** के चलते, वे धर्म और भगवानों को छोड़कर मृत्यु के डर से, अज्ञानता के कारण, पीर-पैगम्बरों को पूजने लगते हैं।

जब उन्हें इनके पास भी शांति नहीं मिलती, तो भटकते हुए तांत्रिक, अघोरी, पापी, धोखेबाजों की जो जगह-जगह दुकाने खुली हैं। ऐसे लोगों की शरण में जाते हैं। ये तांत्रिक, ओझा, अघोरी, ढोंगी, इन्हें गन्डे, डोरी, ताबीज आदि देते हैं।

अब इन श्रेष्ठ मनुष्य का ज्ञान ऐसे पाखण्डी और चार सौ बीस लोगों के पैरों में गिरा होता है।

ये पाखण्डी उन भयभीत लोगों को गन्डे, डोरी, ताबीज आदि देकर, अगले पर्व या त्योहार यानि होली-दिवाली पर या ईद पर बुलाते हैं ताकि दोबारा इन्हें ठग सकें या धन ऐंठ सकें। ये श्रेष्ठ और ज्ञानी मनुष्य इन धोखेबाजों के जाल में फंस जाते हैं।

ताकि इन असामाजिक ढोंगियों की दुकान चलती रहे। हर त्यौहार या पर्व पर गन्डे, डोरी और ताबीज बदलते रहे। सवाल ये है कि क्या, ये मनुष्य के अपने कर्मों की सजा है।

जी हाँ, कर्महीन मनुष्य अपनी अज्ञानता को ही, ज्ञान समझता है और श्रेष्ठ होने का भी ढोंग करता है।

ऐसे ज्ञानी और श्रेष्ठ मनुष्य का जीवन **अंधविश्वास** की भेंट में चला जाता है।

मैंने M.B.A. तक पढ़े हुए शादी-शुदा जोड़े से बात करके देखा-

– आप यहाँ किस लिए आये हैं?

जवाब : होली का पर्व है, हमने यहाँ तांत्रिक से ताबीज और गन्डा बदलवाना है।

– मैंने पूछा क्या बिमारी है?

जवाब : जी, लड़का होने के लिए इलाज कर रहे हैं, तांत्रिक जी।

– मैंने पूछा-भरोसा है?

जवाब : जी, लोग कहते हैं इसलिए हम भी चले आते हैं।

– मैंने पूछा काफी पढ़े-लिखे और अच्छे घर से लगते हो।

जवाब : जी हां M.B.A. हूँ।

– फिर भी गन्डे, डोरी और ताबीज के लिए इस पाखण्डी तांत्रिक के चक्कर में आ गये।

जवाब : आपका क्या मतलब है?

– भाई साहब। शादी, गन्डे डोरी या ताबीज से नहीं की यानि कि औरत से की है।

जवाब : क्या कहना चाहते हैं आप ?

– लड़का औरत से पैदा होगा, गन्डे, डोरी, ताबीज से नहीं। आप कहीं अच्छे डॉक्टर से चैक करवाइयें और सेहत का ध्यान रखिए।

जवाब : थैंक्स फॉर एडवाइज।

इतना बोलकर तांत्रिक के घर में प्रवेश कर गया। मैं हैरान निगाहों से देखता रह गया।

आज के आधुनिक युग में ऐसे पढ़े-लिखे इन्हें (ज्ञानी कहें या अज्ञानी) लोग भी मौजूद हैं जो कि ...... **अंधविश्वास के शिकार हैं।** इन्हें कौन और कैसे मुक्ति दिलायेगा।

ऐसे अंधविश्वासी लोग अपने कर्मों को छुपाकर दोष परिवार को देने में लग जाते हैं जिसके कारण परिवार में दरार पैदा होती है फिर रिश्तों का पतन हो जाता है। ये लोग अपनी ही अज्ञानता के कारण अपने धर्म, कर्म, अर्थ से भागते हुए परिवार को भी छोड़ देते हैं।

यहाँ घर-परिवार के अलावा सामाजिक मर्यादा भी भंग होने लगती है।

अब ये परिवार को छोड़कर गुरू और धर्मग्रंथियों के पास जाकर अपने धर्म और भगवानों से भागते हुए पीर-पैगम्बरों के चक्कर में आ जाते हैं। जब यहाँ भी शांति नहीं मिलती, तो धोखेबाज, तांत्रिक, पापी, अघोरियों के पैरों में गिरकर घर-परिवार के अलावा सगे-सम्बन्धियों को भी आफत में डाल देते हैं।

अंधविश्वास और अज्ञानता के कारण आदमी का पाप सिर चढ़कर बोलता है तो हालत दिशाहीन हो जाते हैं।

इसलिए अपने घर-परिवार, माता-पिता अपने से बड़े, सगे-सम्बन्धियों को छोड़कर सामाजिक मर्यादा उल्लंघन करने वालों का अपनी ही अज्ञानता और पाप के कारण वंश तो मिट ही जाता है और कुल घातक भी साबित होते हैं। ये लोग कीट अथवा अधमयोनियों को प्राप्त होते हैं। ऐसे लोगों को भगवान भी शरण में नहीं लेता।

## एक अनुभव और अनुमान

मैंने लक्ष्य को साधने के लिए काफी त्याग, तपस्या, अध्ययन, पूजा-पाठ भगवान के विषय में जानना धर्मग्रन्थों को पढ़ना, योग साधना आदि संन्यासियों की पद्धति पर चलता काफी अनुभव के साथ ब्रह्म से परब्रह्म अक्षर ऊँ आत्मतत्व से परमतत्व की ओर जाने के विषय में तैयारी करके इस प्रकार सोच रहा था।

मैंने सोचा जब सोचना ही है तो एक जगह, एक रिश्ता, एक इलाके अथवा एरिया के बजाय इस ब्रह्माण्ड के बारे में क्यों न सोचूँ। हाँ अगर कर्म, धर्म के साथ किया जाए तो अर्थ मोक्ष होता है। मोक्ष ही एक धाम है। मैंने समुद्र, आकाश, बर्फीले पहाड़, आधुनिक दुनियाँ काफी कुछ देखा है। इसके बाद मेरा गहन विचार इस हद तक पहुँचकर दिमाग में गूंजने लगा। पूरी दुनियाँ, पूरा जहाँन, पूरा ब्रह्माण्ड घूमने के बाद मुझे जब इस ब्रह्माण्डरूपी तबके से अपने वाले सत्य-सनातन की कोई उम्मीद न रही तो मैं इस ब्रह्माण्डरूपी तबके को छोड़कर जा ही रहा था अपने सत्य-सनातन की ओर जाते समय मेरे दिमाग पर विचारों के थपेड़े (मतलब जाऊँ या नहीं जाऊँ) ये विचार और शब्दों की बौछार। **(माँ-बाप, भाई-बहन, रिश्ते-नाते, मात्र शब्द ही तो हैं।)** हो रही थी, मैं पढ़ा-लिखा होने के कारण शब्दों की दुनिया में चला गया (भाषाई ज्ञान होने के कारण शब्दकोष ज्यादा हो जाता है। और हर शब्द का अर्थ निकालता रहता, हर शब्द के अर्थ के पीछे कोई न कोई रूप या शरीर तो निकल आता, लेकिन मेरे वाले सत्-सनातन का उसमें

न तो अर्थ ही मिलता और न ही रूप या आकार, तो फिर ऐसे शब्दों के बारे में मेरे लिए सोचना बेकार हो गया था।

**अब यहाँ दोबारा**–शब्द कोई भी हो अर्थ भले ही रूप या आकार अथवा शरीर क्यों न हो जाए, व्यावहारिक होने के कारण शब्दों अथवा शरीरों के चक्कर तो फिर भी लगाने ही पड़ते हैं। क्योंकि मैं भी शब्द मात्र ही तो हूँ। अहं ब्रह्म आस्मिः अर्थात् मैं ब्रह्म हूँ।

इसलिए मैं भी अपने सत्–सनातन की खोज में एक शब्द अथवा एक शरीर होने के नाते दूसरे शब्दों और शरीरों के चक्कर पर चक्कर लगाता रहा। (क्योंकि एक जीव यानि मनुष्य शरीरधारी होने के कारण उम्र तो काटनी पड़ती है।) जब मेरे वाले सत् सनातन का कोई अर्थ, रूप या आकार न मिला तो मैं चिढ़कर शब्दों की दुनिया से बाहर आ गया।

ये मेरी ब्रह्म से पार आने अथवा जाने की जिज्ञासा या कोशिश चल रही थी। ये एक क्रिया कि तरह है या फिर ये अनुभव या अनुमान पर निर्भर है।

मैं तो इसे जीवन यात्रा के इस पड़ाव का ज्ञान अथवा अनुभूति कहुँगा, क्योंकि एक इंसान जन्म-भूमि के इस पड़ाव में, खुद अंधकार में खोजता हो, मैं कहां फंस गया अथवा अंधेरे में खुद से खुद पूछता हूँ कि "मैं कहाँ हूँ?" ऐसे में उसे कहीं से रोशनी की किरण नजर आ जाए तो वह उस रोशनी की किरण का सहारा लेकर रास्ता खोजेगा।

मेरे लिए धर्म मार्ग अथवा परमात्मा के परमतत्व को समझना या जानना रोशनी की किरण थी। इस रोशनी की किरण में मुझे जो ज्ञान या अनुभव है वही लिख रहा हूँ।

जन्म-भूमि के विषय में, एक बात सिर्फ मेरे ऊपर ही नहीं लागू होती, ज्यादातर लोगों पर लागू होती है। आदमी अपने जन्म स्थान को छोड़कर, देश-प्रदेश, नगर या महानगर अथवा अन्य किसी की जगह, कितने ही बड़े अधिकारी, व्यापारी, मंत्री अथवा अच्छी पोजीसन, या बड़े नाम वाले हो जाए, लेकिन जन्म-भूमि पर जहाँ आप पैदा हुए हैं। आपके माता-पिता ने जो नाम किसी पंडित अथवा विद्वान से राशि के आधार और पैदा होने के समय आदि पर विचार करके रखा है, इस नाम की औपचाकिता खानापूर्ति या रूतबे की जगह होती है।

बचपन में ये नाम स्कूल, राशन कार्ड अथवा जन्म-मृत्यु की जगह या स्थान पर लिखा जाता है।

वरना एक खास बात ये है कि जन्म-भूमि या जन्म स्थान पर जहाँ आप पैदा हुए हैं, वहाँ ज्यादातर पैदायसी एक लाड़-प्यार अथवा मजाक के तौर पर एक छोटा नाम आपके सगे-सम्बन्धियों, पड़ोसी, अथवा बचपन के दोस्त रंग, रूप, शक्ल, चाल-ढाल आदि से पुकारते हैं। जैसे रिंकी, गिंकी, टिंकू, मोटू, छोटू किसी खाने-पीने की चीज सब्जी बैंगन, गोभी, फूल से सम्बन्धित चंदा, सूरज आदि ऐसे ही उल्टे-सीधे नामों से पुकारते हैं। कहने का मतलब, बहुत लोग एक दूसरे को इज्जत से सही नाम लेकर नहीं पुकारते।

इस बात के प्रमाण आज भी मिल जाते हैं। अगर कोई बचपन के नाम से चिड़ाता है या नाम लेता है तो झगड़े शुरू हो जाते हैं। जो ईर्ष्या का कारण भी बन जाते हैं। कुछ लोग तो दूसरों की कामयाबी, शौहरत, बड़े नाम, या इज्जत की वजह से पोजीशन पा लेते हैं तो उन्हें गिराने के चक्कर में ही रहते हैं। और सादगी के साथ इज्जत से रहने वाले को तो पागल का भी खिताब दे देते हैं। बदसूलकी और खिलाफत करते-करते थकते ही नहीं। शरीफ आदमी इस प्रोपेगन्डे का शिकार होकर जन्म-भूमि से भागने के लिए मजबूर हो जाते हैं। अपने परिवार वाले भी अपने फायदे के लिए जमीन-जायदाद हिस्से आदि के लालच में चिड़ने लग जाते हैं। जिन्दगी मुहाल हो जाती है। घुटन महसूस होती है। इसलिए ज्यादातर लोग **गाँव अथवा जन्म-भूमि को छोड़कर शहरों की शरण लेते हैं।**

राजनीति के लिए वोट बैंक हासिल करना कारोबार बन गया है, जगह-जगह जमीन पर कब्जे, शराब, गुण्डागर्दी पर खर्चा अथवा हत्याएं आदि की गाँव देहात में आ गई है। कहने का मतलब ये है कि सरकार अथवा समाज से देश के लिए त्याग खत्म हो गया है। यहाँ हर आदमी एक-दूसरे को बेईमान की दृष्टि से देखता है, इंसानियत मर चुकी है। आदमी एक-दूसरे से स्वार्थी होकर भाग रहा है।

ओह वाक्य ही ये जन्म-भूमि स्वर्ग से बढ़कर है, ऐसा प्रतीत होता है कि जन्म-भूमि के स्वर्ग का इस पड़ाव पर ज्ञान हुआ है।

जितनी जन्म की खुशी हो रही थी उससे ज्यादा पाप ईर्ष्या, वैर-विरोध के कारण तड़पने का और जिन्दगी पूरी करने का अफसोस या महात्म छाया हुआ है रिश्ते खत्म होते जा रहे हैं। ऐसी जन्म-भूमि में रहने से स्वर्ग नहीं नर्क ही दिखाई पड़ रहा है। ऐसा लगता है लोग अपनी सांसें गिन रहे हैं, आगे कैसे इज्जत से जिन्दगी कटेगी, दम घुट रहा है लोगों को शांति ही नहीं, पागल की तरह भागे जा रहे हैं।

जन्म-भूमि जिसे मैं स्वंर्ग से बढ़कर समझा करता था मुझे पता चला या अनुभव, ज्ञान हुआ, इस स्वर्ग यानि जन्म-भूमि की हालत ऐसी है तो वो सुविधाओं वाले नर्क यानि शहर क्या बुरे हैं। जहाँ गाँव, समाज, परिवार, सगे-सम्बन्धियों और पड़ोसी अपनी दोस्त, आदि यानि आप कुछ भी उल्टा-सीधा अपने सुविधाओं के लिए करें, कुछ भी करना, अच्छा या बुरा, कोई कुछ कहने या देखने और जानने वाला तो है नहीं, हर तरह के भय से मुक्त हो कर पागल की तरह जन्म-भूमि से भागते हैं। ये अंधी दौड़ आदमी को शहर के नर्क की ओर ले जाती है। नर्क इसलिए कहुंगा, इस अंधी दौड़ का कोई अन्त नहीं है **अन्तहीन होना ही नर्क का कारण है।**

मुझे इस जन्म-भूमि के पड़ाव डालने से पता चला अथवा ज्ञान या अनुभव हुआ, ये अंधी दौड़ यहाँ भी है और वहाँ भी तो मैंने तय किया कि मैं एस. के. पारासर इस अंधी दौड़ जो अन्तहीन है, मैं इसमें हिस्सा नहीं लूँगा। मैं तो 'एक धाम' बनाऊँगा जिसमें,

जाति, धर्म, कर्म, में कोई अन्तर न हो, ईर्ष्या, द्वेष, पाप न हो, खुद ही खुद में दौड़ता हुआ, आत्म दर्शन करके, परम धाम ही एक धाम है। यानि भगवान के घर में समा जाऊँ, इस जन्म-भूमि के स्वर्ग के दरवाजे न खटखटाऊँ अथवा किसी के दरवाजे पर न जाऊँ, सिर्फ एक दरवाजे पर जाऊँ।

## परम धाम यानि एक धाम

## A House of God

यही सोचकर, इस घर के दरवाजे तक जाने का मार्ग, इस पुस्तक में लिख रहा हूँ।

अगर किसी पाठक या पढ़ने को कुछ गलत त्रुटि अथवा आपत्ति हो तो मुझे लिखें या सम्पर्क करें अथवा मिलें।

ये पुस्तक मैं अपने जन्म स्थान या जन्म-भूमि गाँव, भटगाँव, एक धाम की ओर से भेंट करता हूँ।

**स्पेशल नोट :**

## जन्म-भूमि की ताकत

## Power of Birth Place

जन्म, नाम, कर्म, जाति, समाज, सम्प्रदाय, धर्म, मजहब और देश टूटते और जुड़ते रहते हैं। कहने का मतलब परिवर्तनशील है जो बनते और मिटते रहते हैं।

लेकिन सनातन यानि पुरातन इसमें कोई परिवर्तन नहीं होता। इसे न तो कोई बना सकता है और न ही कोई मिटा सकता है। **ये शाश्वत सत्य है।**

ऐसा शाश्वत सत्य सनातन पुरुष महामानव, महाकाल से महादेव की उद्घोषणा करता हुआ, अंधकार और प्रकाशमान सृष्टिचक्र पर समाधिष्ट होकर अपने जन्म और जन्म-भूमि की ताकत को महत्व देता हुआ शिव स्वरूप सचेत अवस्था में विराजमान सदाँ रहता है। **ये ब्रह्म या ब्रह्माण्ड का प्रथम शरीर है।**

इस महान पुरुष शरीर की याद में जो मेरा अनुभव हुआ। इस पुस्तक में मिलेगा। मैं एक शरीर ही हूँ यानि देव, दत सत् काम पुरुष नामक शरीर।

मेरी कोई हैसियत, पहचान या रुतबा नहीं है। सिर्फ शरीर ही है जो शुद्ध शरीर की तलाश कर रहा है।

यहाँ से मृत और अमृत, आत्म तत्व से परमतत्व के बीच में जो भगवान खड़े हैं यही प्रभाव मेरे दिमाग को सोचने के लिए मजबूर करता है।

भगवान के बारे में जहां तक मेरा मत है :

विष्णु, यानि विष + अंणु

शिव यानि सीत, ठण्डा, शव के समान।

शरीर शंकर होने के कारण है।

अब शंकर में 'विष' भर दिया जाए तो शिव यानि कि शव बन जाता है। शव ठण्डा हो जाता है। किसी हद तक, मैंने मृत्यु के समय सुना है कि ये शरीर, ठण्डा हो चुका या शव हो चुका, इसमें प्राण नहीं रहे।

अब इससे ये साबित होता है कि इस शंकर नामक शरीर में विष्णु पूर्णरूप से है या अंणु के रूप में, इसका जवाब न तो डॉक्टरों और सर्जन के पास है न ही वैज्ञानिकों के पास है।

जब जिसे हम 'महा काल' यानि कि शिव शंकर कहते हैं। शंकर के गले तक 'विष' जाने से 'नीलकण्ठ' कहलाये गये हैं। इसलिए हिन्दू धर्म में महाशिव रात्रि भी मनाई जाती है। शंकर के गले में सिर्फ विष्णु अंश ही है, यानि अंणु है।

यहाँ विष्णु भगवान की महानता साबित हो जाती है और शिव कल्याण का प्रतीक साबित होते हैं।

प्रत्यक्ष प्रमाणित होने के कारण विराट शब्द की संज्ञा विष्णु भगवान को ही जाती है।

इसलिए प्रकृति और जीव भले ही विराट रूप धारण किए हों, शिव भले ही महाकाल विराट के साथ या इसमें समाया हुआ हों, स्थिति अंधकार की ही है।

अब इस विराट या प्रकृति में जीव और महाकाल को अंधकार से मुक्ति कैसे मिले? अंधकार ही मृत्यु है।

अंधकार प्रकाश में जाएगा या प्रकाश अंधकार में, जी हाँ ये सवाल 'विराट रूप' प्रकृति और जीव के साथ महाकाल के सामने भी खड़ा हुआ है।

इस सवाल का जवाब इनके पास नहीं होने के कारण एक नई संज्ञा की जरूरत है।

ये संज्ञा 'नारायण' यानि नारा-पानी + आयन के अन्दर से प्रकाश की शक्ति का स्रोत, जहाँ से अंधकार का खत्म होना शुरू होता है, उसे हम परब्रह्म की संज्ञा दे सकते हैं।

अंधकार या प्रकाश की धड़कन ही 'परब्रह्मम' यानि कि नारायण है।

ये सत्-असत्, चेत-अचेत, ज्ञान-अज्ञान, व्यक्त-अव्यक्त प्रकाश और अंधकार, परब्रह्म यानि कि 'नारायण' में ही समाये हुए हैं। इसे आप ऊँ नमोः नारायण या ऊँ तत् सत् भी कह सकते हैं। सनातन ऊँ के बिना अधूरा ही लगता है।

परब्रह्म से ब्रह्म ज्योति का जन्म जो अंधकार का विनाश करती हुई, विराट को दर्शाती है जिससे प्रकृति के गुण और जीव महाकाल, शंकर शरीर कल्याण के लिए वरदान साबित हो जाती है। जिसे ब्रह्म कहते हैं।

इस तरह विराट रूप विष्णु कल्याण रूप शिव-शंकर प्रकाश रूप ब्रह्म में ये संसार समाया हुआ है। ये सब नारायण की योग माया शक्ति से संचालित है। इसलिए भक्ति करने वाले इसे 'ऊँ नमोः नारायण' कहते हैं। इसे आप ऊँ तत् सत् भी सकते हैं।

ऊँ विभूति की तरह व्यक्त-अव्यक्त, सत् असत् चेत-अचेत, ज्ञान-अज्ञान इन सब में समाया हुआ है। अथवा आप इन्हें ऊँ से प्रकट समझो, ये सब ज्ञानी ध्यानी, तपस्वियों और योगियों के समझने की बात है।

ऊँ के भजन या जाप की महिमा अपने-अपने अनुभव या अनुमान पर निर्भर करती है।

ऊँ नाद नाभि से भी है जिससे ब्रह्म प्रकट होता है

ऊँ उद्घोष या उद्घोषणा भी है।

ऊँ उदय या अहसास भी है।

ऊँ उदय या सवेरा भी है।

ऊँ स्वयंभू है।

ऊँ प्राणों के लिए आयाम है। ऊँ ।।

ऊँ सृष्टि का करणधार है। ऊँ ।।

अक्षर परब्रह्म ऊँ ही है।

परब्रह्म को ब्रह्म से जोड़ने वाली कड़ी ऊँ ही है।

विधाता के विधान में सृष्टि या ब्रह्माण्ड का जन्म ऊँ के उद्घोष से ही है।

इसलिए ऊँ सर्जन और विसर्जन दोनों का कारण है। ऊँ ब्रह्म के हर नाम शब्द और आहुति से पहले है। ऊँ के बिना कोई भी जप और आहुति बेकार है। ये सनातन सत्य है।

# ऊँ श्रीराम सर्वेशुभूतेषु

सर्वमान्य या सब में है। हे निराकार से साकार होकर आकार रूप से प्रकट होने वाले स्वयंभू ऊँ आपको एस. के. पारासर का शत्-शत् प्रणाम है।

ब्रह्मम में प्रवेश सनातन पुरुष जिसको सदा शिव लगा है। मैं उस पुरुष की वंदना यहाँ से आरम्भ करता हूँ और उसे सत्-सत् प्रणाम करता हूँ। अन्तर आत्मा से आवाज देता हूँ, ये कहते हुए हर-हर महादेव ........................।

ब्रह्म को पार करने में जो परब्रह्म की ओर जाने वाला मार्ग है, वो महादेव से ही होकर जाता है, इसके अलावा वहाँ जाने का दूसरा कोई मार्ग नहीं है।

ये एक शाश्वत या सनातन सत्य है। कितना भी बड़ा तपस्वी क्यों न हो, महादेव के बिना हर तपस्या अधूरी है। या फिर ऐसा कह सकते हैं। परब्रह्म के लिए महादेव बनना पड़ता है। प्रथम सनातन पुरुष सदा शिव या ठण्डा शव के समान अंधकार यानि कि मृत्यु में घिरा हुआ एक शिव स्वरूप चेत-अचेत के बिना एक वस्तु की तरह ये सवाल ही बना रहता है। जिसे अण्ड अथवा पिण्ड के अन्दर या (अंधकार या मृत्यु) के अन्दर ही सगझो।

अण्ड या पिण्ड के अन्दर रखी हुई वस्तु शिव या शव सचेत कैसे हो, ये एक निर्माण की तरह ही है। साथ ही अण्ड अथवा

पिण्ड के अन्दर से सनातन पुरुष शिव या शव तत् सत् है, इसे उद्घोष की जरूरत है।

ये उद्घोष नारा, यानि पानी 'आयन के नाँभ से नाँद द्वारा निकलता हुआ अण्ड या पिण्ड में जाकर शिव अथवा शव में प्रवेश यानि तत् सत् में पहुंचना ही 'नारायण' कृपया समझें।

इस उद्घोष का नाम ही ऊँ है, जो जाकर सीधा तत् सत् से टकराता है। या फिर ऐसा भी कह सकते हैं तत् सत् ऊँ में मिल जाता है।

ये उद्घोष नारायण की योग माया द्वारा संचालित समझ सकते हैं।

परब्रह्म 'अक्षर' ऊँ का उद्घोष नारा + आयन–अथवा 'नारायण' से निकलकर आता है। यहाँ ऊँ नमोः नारायण कहा जाता है।

यहाँ अक्षर ऊँ परब्रह्म तत् सत् में मिलकर ही ऊँ सत् सत् कहा जाता है।

ये–ज्ञानी, ध्यानी, योगी, तपस्वी इस परम तत्व रहस्य को जानने के लिए जन्म-जन्मानतर तक लगे रहते हैं ताकि इस सनातन शुद्ध पुरुष महादेव अथवा महाकाल, शक्तिशाली, विनाशक, शिव अथवा ठण्डे शव के दर्शन से अपना कल्याण कर सके।

अब एक तरफ इसके दर्शन में ही कल्याण समझा जाता है। भक्तों के लिए ये एक विषय है। इनकी जिज्ञासा लगी रहती है। ये शिव कल्याण पर निर्भर है।

लेकिन यहाँ तो दूसरी ही समस्या है कि जो शिव खुद शव की तरह अण्डकोष में है, उस सदाशिव को अण्डकोष में से निकलकर, शव से शिव, शिव से शंकर बनाने अथवा बनने के लिए अंधकार या मृत्यु पर विजय पानी होगी।

"**विष्णु सहसत्रानाम**" में शिव के नामों को भी विष्णु का पर्याय माना गया है।

यहाँ प्रमाणित होता है विराट रूप विष्णु के दिल में अथवा दिल के पास "शिव" अण्ड या पिण्ड में सुरक्षित एक शव की तरह है।

अब यहाँ निराकार से साकार करके आकार रूप में (इदद) यानी शरीर वाला सनातन पुरुष जो सदा शिव अथवा महादेव या महाकाल स्वंभू के लिए स्थान तो चाहिए। ये एक विकट समस्या है।

क्योंकि विराट स्वयंभू अंधकार में है–'सदा शिव' अण्ड या पिण्ड के अन्दर है।

अब 'नारायण' अथवा नारा + आयन है, जो नारा या पानी में से **'तेज' उद्घोष** (यहाँ तेज यानि अग्नि और हवा का जन्म है) हो और इस अण्ड पिण्ड को निकाल ले जाए तो एक नई घटना का भी जन्म है।

समय के साथ तो 'काल' जो **अण्ड या पिण्ड** को लेकर आया है। जहाँ से जिस स्थिति से गुजर कर जो ये **अण्ड या पिण्ड** जिसमें शिव या ठण्डा शव है, वो गुजरा हुआ समय होने के कारण भूतकाल का जन्म है।

यहां **समय और भूतकाल** नई संज्ञा पैदा हुई है। ये अक्षर ऊँ परब्रह्म नारायण से ही जल, अग्नि, हवा में जाकर अण्ड अथवा पिण्ड के फटने से उद्घोष होने जा रहा है। इससे जड़ रूप पृथ्वी या प्रकृति और ब्रह्म अग्नि अथवा तेज से प्रकाशमान चेतना शक्ति का जन्म है।

इस तरह निराकार से साकार विराट को ब्रह्म प्रकाशमान होकर दर्शाता है।

जहाँ तक मेरा सोचना है ये अण्ड या पिण्ड, पाँच महा भूत जल, पृथ्वी, अग्नि ये तीन प्रत्यक्ष हैं। हवा और आकाश का प्रत्यक्ष रूप न होने के कारण ओत-प्रोत है, अथवा एक-दूसरे में समाये हुए हैं।

मैं इसी को ब्रह्माण्ड समझता हूँ अथवा मेरा ये मत है। ब्रह्माण्ड में ब्रह्म प्रकाशमान होने के कारण चेतना शक्ति चेत और अचेत का कारण है। यहाँ वर्तमान काल का जन्म है। सचेत ही वर्तमान काल है क्योंकि विराट का प्रत्यक्ष दर्शन वर्तमान काल का प्रमाण है।

निराकार शाश्वत सत् परमात्मा (यहाँ परमात्मा शब्द का पहली बार इस्तेमाल हो रहा है।) सर्वशक्तिमान, अक्षर ऊँ परब्रह्म, नारायण, विष्णु अथवा विष + अंणु, विराट, स्वामी भाव के कारण रजोगुण, ब्रह्म प्रकाशमान होने के कारण सतोगुण, महाकाल, सदाशिव, शव के समान तमोगुण भविष्य काल (यहाँ भविष्य का

जन्म है।) के ऊपर समाधिष्ट यानि कि तीनों कालों से ऊपर महाकाल समाधिष्ट है।

इस तरह त्रिगुण, रजोगुण, सतोगुण, तमोगुण का जन्म है।

यही त्रिगुणों वाली परमात्मा की माया रूप प्रकृति है इसलिए परमात्मा अक्षर ॐ परब्रह्म, नारायण अव्यक्त से व्यक्त अथवा निराकार से साकार होकर अण्ड या पिण्ड के माध्यम से सृष्टि को चलाते हैं अथवा सृष्टि का निराकरण करते हैं।

क्योंकि पाँच महाभूत पृथ्वी, जल, अग्नि प्रत्यक्ष दिखाई देने वाले व्यक्त हैं अन्यथा आकाश और हवा तो अव्यक्त ही है। इन पाँचों महाभूतों को ओत-प्रोत होने के कारण ही साबित होता है। सृष्टि या प्रकृति से परे है।

परमात्मा अक्षर ॐ परब्रह्म नारायण इस ब्रह्माण्ड अथवा सृष्टि के सृजन और विसर्जन दोनों हैं अथवा इस प्रत्यक्ष ब्रह्माण्ड सृष्टि का सास्सवत सत् विज्ञान आत्मा, ये सर्वशक्तिमान ही है।

ऐसे सर्वशक्तिमान परमात्मा अक्षर ॐ परब्रह्म नारायण को मैं एस.के. पारासर नतमस्तक होकर स्तुति करता हूँ।

हे ॐ

हे परमात्मन

हे जगदीश्वर

हे ईश्वर

हे निराकार से **साकार होकर**, आकार रूप से प्रकट होने स्वयंभू परमात्मा मैं आपको बार-बार नमन करते हुए बारम्बार प्रणाम करता हूँ।

'ऊँ तत् सत्

ऊँ श्रीहरि श्रणम

यहाँ नतमस्तक आत्मन यानि स्वधर्म है।

इस स्तुति में किसी अन्य धर्म अथवा समुदाय या जाति को विशेष महत्व नहीं दिया गया।

ये स्तुति सर्वमान्य है। अथवा अनाम्य है।

अब इस त्रिगुण रजोगुण, सतोगुण, तमोगुण के स्वामी भाव से यानि प्रकृति और भूतकाल, वर्तमान काल और भविष्यकाल, आदि महाकाल के अन्दर सदा शिव ठण्डे शव के समान समाधिष्ट है। ये अण्ड या पिण्ड के खेल सृष्टि रचना के अन्दर ही चल रहे हैं।

अब ये उद्घोष और तेज, पानी से हवा में अग्नि को आकाश में अण्ड-पिण्ड के टकराने से **ब्रह्म ज्योर्तिमय** यानि प्रकाशमान होता है, अथवा ब्रह्म उत्पन्न होकर प्रकट होता है या इसे ब्रह्माण्ड भी कहते हैं। यहाँ विराट का भव्य दर्शन होता है।

अब इस सृष्टि की रचना में जड़ और चेतना अथवा अचेत से सचेत, यानि अज्ञान से ज्ञान उत्पन्न हुआ है, ये ब्रह्म के ज्योर्तिमय प्रकाशमान का कारण माना गया है।

अब इन अण्ड या पिण्ड के अन्दर ज्ञानेन्द्र सदा शिव, अथवा शव के समान ठण्डा शीत, तीनों काल की उत्पत्ति के कारण महाकाल अचेत से सचेत होकर जड़ से चेतना अवस्था में विराट सत्ता यानि कि ब्रह्माण्ड के अन्दर सुरक्षित होकर बैठा है।

ये सदा शिव महाकाल, शव की तरह समाधिष्ट ज्ञानेन्द्र पाँच महाभूत जल, पृथ्वी, अग्नि, आकाश और हवा से पहले विराट सत्ता में भी सुरक्षित रह चुका, जब अंधकार था। अब ब्रह्म सत्ता यानि ज्योर्तिमय प्रकाश माने ब्रह्माण्ड में भी अण्ड अथवा पिण्ड के अन्दर सुरक्षित है।

अब अव्यक्त से व्यक्त पर विराट में सदा शिव महाकाल अथवा ब्रह्म में स्वामी भाव उत्पन्न होने के कारण है।

यहाँ प्रपंच के ऊपर जो अव्यक्त शक्ति है स्वामी भाव का व्यक्त सत्ता के ऊपर निराकरण कैसे करेगी?

ये सवाल सृष्टि रचना में प्रकृति के जड़ रूप तत्व, सचेत, चेतना शक्ति पर प्रभाव बनाए रखे तो स्वामी भाव का निराकरण होगा।

अब यहाँ अव्यक्त शक्ति को सृष्टि में स्वामी भाव के कल्याण करने हेतु दो धाराओं से आना होगा।

पहली धारा है जड़ रूप प्रकृति तत्व से अनन्त गुणों वाली दूसरी धारा है शाश्वत सत् विज्ञान आत्मा प्रकृति के गुणों को दिखाने के लिए ब्रह्म में प्रकाशमान होने के कारण चेतना शक्ति।

ये दोनों मिलकर स्वामी भाव के कल्याण के लिए वरदान साबित होगी।

यहाँ शाश्वत सत् या परमतत्व विज्ञान आत्मा अजर-अमर होने के कारण स्वामी भाव को शाश्वत सत् से पारदर्शी होना पड़ेगा।

यहाँ सूक्ष्म ज्ञान के लिए स्वामी भाव को सचेत होकर ब्रह्म में यानि ब्रह्माण्ड में निराकार से साकार होना होगा।

क्योंकि ब्रह्म ज्योर्तिमय या प्रकाशमान होने के कारण ज्ञानेन्द्र सचेत होकर अण्ड अथवा पिण्ड के अन्दर सुरक्षित समझे। लेकिन यहाँ चेतना शक्ति और शाश्वत सत् जो अति सूक्ष्म परमतत्व, विज्ञान आत्मा ने तो अपना अव्यक्त रूप में काम करना होगा।

तभी तो स्वामी भाव के प्रकट होने की संभावना होगी।

इसके लिए अक्षर ऊँ परब्रह्म नारायण परमतत्व, शाश्वत सत् उद्घोष करता हुआ, जल, अग्नि, आकाश, हवा पृथ्वी से गुजरकर शब्द, स्पर्श, रूप, रस, गन्ध आदि को पैदा करता हुआ अपने तेज के कारण अव्यक्त से व्यक्त प्रकाशमान ब्रह्म को विराट रूप से अण्ड या पिण्ड के अन्दर ज्ञानेन्द्र यानि सदाशिव महाकाल को सचेत करके चेतना शक्ति प्रदान करेगा। उसके बाद ये उद्घोष तभी से ज्ञानेन्द्र जो शव के समान समाधिष्ट सदाशिव अण्ड या पिण्ड से सचेत होकर जागेगा, तो मनोस्थिति पैदा होगी।

यहाँ मन का जन्म है क्योंकि मनोस्थिति ही मन है। पाँच महाभूत, शब्द, स्पर्श आदी और तेज के उद्घोष के कारण मन विचलित होगा फिर चेतना शक्ति सचेत करेगी अन्तर भाव को परमतत्व जागृत करेगा जिससे आत्म बोध होगा।

आत्मा बोध, बुद्धि का जन्मदाता है। यहाँ बुद्धि का जन्म अब यहाँ ज्ञानेन्द्र, सदाशिव, महाकाल जो शव की तरह समाधि अवस्था थी आत्मबोध के कारण भंग होगी तो चेतना शक्ति भी अपने प्रभाव से सचेत करेगी।

परमतत्व अति सूक्ष्म रूप में तेज और उद्घोष से महान विराट ब्रह्माण्ड को हर दिशा को अवरुद्ध करेगा। तभी तो ज्ञानेन्द्र सदाशिव, स्वयंभू चेतना शक्ति से सचेत, मनोस्थिति से विचलित मन, अन्तर भाव से आत्मबोध, आत्मबोध से बुद्धि और परमतत्व के तेज उद्घोष से दिशाओं के अवरुद्ध होने के कारण अहंकार पैदा होगा।

## अहंकार ही काल अथवा महाकाल है

यहाँ जब परमतत्व के तेज और उद्घोष अथवा अति सूक्ष्मरूप का बोध नहीं होता तो ज्ञानेन्द्र, सदाशिव, समाधिष्ट अवस्था भंग हो जाए और दिशाएं भी अवरुद्ध हो, तो अहंकार हो जाता है।

ज्ञान इन्द्रियाँ ब्रह्म ज्योर्तिमय प्रकाशमान विराट व्यक्त ब्रह्माण्ड में प्रकृति के अनन्त गुणों को देख सकती है परन्तु बुद्धि को दृष्टि नहीं होने के कारण व्यक्त और अव्यक्त दोनों ही नहीं देख पाती तो विचलित मन, अहंकार पैदा कर देता है।

यहाँ मन और अहंकार के बीच में बुद्धि है, ये नारी की तरह ही है। मनुष्य नर यानि मनुष्य का आत्मबोध यह कि मैं मनुष्य हूँ।

मन सृष्टि का कर्णधार यानि दिव्य चक्षु, ये प्रकृति से गुणों के साथ विचित्र चित्र लेकर बुद्धि के हवाले करता रहता है। बुद्धि प्रकृति के सभी गुणों और चित्रों को देखने और समझने में सक्षम नहीं होती, तो अपनी सत्ता कायम रखने के कारण बुद्धि मन के द्वारा प्रकृति के अनन्त गुणों और विचारों के चित्रों को अहंकार की अग्नि में जलाती रहती है। जीव जन्म और मृत्यु का कारण है। जिससे सृष्टि चक्र जीव और प्रकृति में चलता रहता है।

## सृष्टि में जीव का प्रवेश और प्रकृति में प्रवृत्ति

जीव अण्ड से पिण्ड, पिण्ड से प्रकृति में प्रवृत्त, परमतत्व के तेज और उद्घोष से दिशाएं अवरुद्ध होने के कारण अहंकार से होगा। तो जीव ज्ञानेन्द्र, महादेव, सदाशिव, महाकाल, शव की तरह अण्ड के अन्दर बीज रूप में परमतत्व के तेज और उद्घोष का मनन करता हुआ खुद को बुद्धि या नारी के हवाले करने के लिए, अपने आत्मबोध को भूलकर तैयार हो जाता है। **बुद्धि यानि कि नारी** ज्ञानेन्द्र को समझ नहीं पाती, तो अण्ड के अन्दर ज्ञानेन्द्र सदाशिव महादेव को अहंकार की अग्नि में डाल देती है जहाँ दिशाएँ अवरुद्ध होती है फिर तेज के कारण अण्ड दस दिशाएँ दिशाओं में टूट कर बिखर जाता है, यहाँ दस दिशाओं से दस इन्द्रियों का जन्म और ग्याहरवां मन पैदा होते हैं, यहीं ग्यारह रूद्र ब्रह्माण्ड में जो ताण्डव करते हैं इसी का नाम महाकाल है। यहाँ

महाकाल का जन्म है। बुद्धि : नारी रूप महाकाली यानि महाशक्ति। जो कि सदाशिव के सात्विक गुण आत्मत्व के मनन को भुलाकर महादेव की समाधि भंग करती हुई अहंकार की अग्नि में डाल, प्रकृति में प्रवृत्त करके ज्योर्तिमय प्रकाशमान ब्रह्म को आने के लिए बाध्य करती है और सृष्टि चक्कर के लिए वरदान साबित होती है। इस तरह सदाशिव महादेव प्रथम सनातन पुरुष निराकार से साकार होकर ब्रह्म में, अण्ड से पिण्ड में आत्मतत्व से बुद्धि में, बुद्धि से अहंकार में, अहंकार से अवरुद्ध दिशाओं में आकर, दस दिशाओं में दिव्य चक्षु मन से मनन करते हुए अति सूक्ष्म परमतत्व तेज और उद्घोष को जानने की जिज्ञासा से बिखर कर ब्रह्माण्ड में रूद्र रूप महाकाल ताण्डव करते हैं। दस दिशाओं से दस इन्द्रियाँ (पाँच ज्ञान और पाच कर्म इन्द्रियाँ) और ग्याहरवां मन यही ग्याहरवां रूद्र है।

इस रूद्र रूप ताण्डव से ही ज्ञानेन्द्र से सदाशिव कर्मेन्द्र अपने ही मनन से पैदा होता है।

ताण्डव **सृष्टि जब तक रहेगी**, तब तक महाकाल का चलता रहेगा, ये ग्यारह रूद्र ही रूदन करते रहेंगे।

यहाँ स्वयं के ममन, ज्ञान और कर्म में जीव लगा रहता है। सृष्टि चक्र में फंसा हुआ जीव प्रकृति में प्रवृत्त होने के कारण गुणों को प्राप्त होता रहता है।

एक बार प्रकृति के गुणों गें प्रवृत्त होने के बाद सृष्टि चक्र से पार पाना मुश्किल है।

अब सवाल यहाँ ये पैदा होता है प्रकृति के पास ऐसे कौन से गुण या शक्ति है जिससे जीव पार नहीं हो पाता, ये ध्यान देने योग्य बात है।

## कैसे बनी है ये प्रकृति

एक जीव यानि मनुष्य के मन में ज्ञान मार्ग पर चलते हुए प्रकृति तत्व जानने की जिज्ञासा हो जाती है तो अपने प्रभुत्व की ओर जाता हुआ तत्वदर्शी योगी गहन मनन और सचेत होकर चित अथवा ध्यान के द्वारा आत्म तत्व को बुद्धि से बचाता हुआ परमतत्व की ओर जाता हुआ प्रकृति तत्व को इस प्रकार भजता है।

चेतना जब शरीर के अन्दर शक्ति प्रदर्शन करती है तो सभी इन्द्रियाँ बेचैन हो जाती हैं मन बुद्धि यानि नारी के द्वारा आत्म संतुष्टि चाहता है जब आत्मा सन्तुष्टि नहीं होती तो जीव यानि आदमी तर्क करने के लिए विवश हो जाता है। विवश मन कमजोर और बीमार बना देता है आदमी की यही कमजोरी उसे मौन कर देती है तो फिर मौन अवस्था में तर्क यानि कि कैसे बोल सकता है या फिर कैसे तर्क कर सकता है।

हाँ, मौन अवस्था में भी तर्क कर सकता है या बोल सकता है अपने ही अन्तर मन में, ये आदमी की आखिरी मृत्यु की स्थिति है यानि जीवन का अन्तिम पड़ाव सिवाय मनन के कुछ नहीं कर सकता, सभी इन्द्रियाँ और प्राण भी साथ छोड़ जाते हैं तो मनन भी खत्म हो जाता है तो मनुष्य यानि जीव अपने ही बुद्धि के द्वारा

प्रकृति में ही जन्म-मृत्यु का शिकार होता रहता है, प्रकृति से पार नहीं पाता।

जन्म और मृत्यु इन तत्व से पैदा होते हैं जो इस प्रकार है—जल, अग्नि, पृथ्वी, आकाश, हवा, मन, बुद्धि और अहंकार शब्द, स्पर्श, रूप, रस, गन्ध, पाँच ज्ञानेन्द्रियाँ, आँख, कान, त्वचा, आदि तीन गुण, रजोगुण, तमोगुण, सतोगुण व्यक्त और अव्यक्त।

यहाँ यह समझने की बात पैदा होती है। बाइस तत्व से प्रकृति के गर्भ में पिण्ड तैयार होता है जिसे गर्भ अव्यक्त शक्ति रोकने अथवा गर्भ में ठहरती है। ये शक्ति **तेईस नम्बर** का तत्व है।

अब **चौबीस नम्बर** तत्व आत्मा यानि आत्म-तत्व या इसे परमात्मा की विज्ञान आत्मा कह सकते हैं क्योंकि परमात्मा सर्वशक्तिमान होने के कारण प्रकृति से परे हैं। इसलिए इस तत्व को विज्ञान आत्मा, परमतत्व, आत्म तत्व या फिर आत्मा कह सकते हैं। **पच्चीस नम्बर** तत्व, अति सूक्ष्म, से अव्यक्त की ओर जाने वाला परमतत्व, इसे यहाँ ध्यान से समझें ये **प्रकृति अण्ड** यानि प्रकृति का जन्म है। अण्ड रूप इसे आप प्रकृति पच्चीसवां नम्बर तत्व भी कह सकते हैं।

इस तरह ये अक्षर ऊँ परब्रह्म, परमात्मा, नारायण सर्वशक्तिमान अव्यक्त से अति सूक्ष्म होकर अपनी ही माया शक्ति द्वारा इसे विज्ञान का जन्मदाता, जिससे सभी ज्ञान प्रकट होते हैं या फिर इसे समझो ऐसा ज्ञान जिसमें सभी विज्ञान छुपे हों या सभी विज्ञान पैदा

होते हों। ये विश्वात्मा प्रकृति तत्व पिण्ड से अण्ड 25 पच्चीसवां तत्व ब्रह्म से परब्रह्म में ओतप्रोत हैं।

इस ज्ञान को जानने का समाहित होने के लिए महादेव बनना पड़ता है। एक महान योगी जो काल अथवा भूतकाल, वर्तमान काल, भविष्य काल पर विजय पाता हुआ महाकाल की घोषणा करता है। महाकाल प्रथम सनातन, पुरुष सदा शिव है जो सृष्टि चक्र पर दृष्टि रखने वाला योगी यहाँ योगी इसलिए है सृष्टि की उत्पत्ति में योद्धा होने के कारण कल्याणस्वरूप सदा शिव हो गये फिर अपने अन्तर भाव से आत्म तत्व का मनन नारी रूप अपनी बुद्धि का त्याग अथवा प्रकृति में प्रवृत्त नहीं हुए।

जहाँ तक मेरा अनुभव है कि सदा शिव, ज्ञानेन्द्र बहिर्मुख होते समय बुद्धि रूप नारी, प्रकृति में प्रवेश ब्रह्म विषयों के दर्शन के कारण और दसों दिशाओं के कारण, कर्मेन्द्र यानि (ज्ञानेन्द्र से पाँच ज्ञानेन्द्रियाँ कर्मेन्द्र से पाँच कर्मेन्द्रियाँ) ये सब ग्याहरवें मन के मनन से संचालित है। यही ग्यारह रूद्र हैं।

यहाँ कहूँगा मैं तो एक योगी अथवा महादेव के परमतत्व के लिए सचेत भक्ति है जो सृष्टि में जन कल्याण के लिए वरदान साबित हुई है। ये सदाशिव, महादेव में सात्विक या सतोगुण होने का कारण है। अथवा प्रमाण भी है।

यहाँ मेरा मत है कि किसी संन्यासी, साधु, तपस्वी, ज्ञानी अथवा योगी को परमतत्व की जानकारी के लिए एक महान योगी अथवा महादेव होना जरूरी है।

तब ही परमात्मा के परमधाम केवल्य 'एक धाम' अथवा A House of God तक पहुंचना संभव है। वरना दूसरा कोई मार्ग नहीं है।

जहाँ तक मेरा अपना ज्ञान या अनुभव के साथ मत है सदाशिव महादेव ने कर्म इन्द्रियों, प्रकृति के गुणों और ब्रह्म विषयों से बचाकर ज्ञानेन्द्र में अर्न्तमुखी कर दिया, बर्हिमुखी नहीं होने दिया।

ये महादेव की अमरतत्व कला है अथवा आप इसे इस तरह भी समझ सकते हैं कि सदा शिव महादेव ने ये सब अमर होने के लिए किया है।

ये रहस्य मेरी अपनी अनुभूति है। कुछ त्रुटि या गलती लगे तो मैं एस.के. पारासार माफी चाहूँगा। इसे अज्ञानता समझकर ही माफ करें।

अब यहाँ महादेव की अमरतत्व की कला स्वामी भाव चाहती है। जो व्यक्त-अव्यक्त दोनों में ही स्वामी प्रकट होने का प्रमाण हो जैसे–

व्यक्त जल से प्यास अव्यक्त है।

व्यक्त अग्नि में तेज अव्यक्त है।

व्यक्त पृथ्वी में अन्न अव्यक्त है।

व्यक्त आकाश गें शब्द अव्यक्त है।

व्यक्त हवा में शक्ति अव्यक्त है।

व्यक्त मन में विचार अव्यक्त है।

व्यक्त बुद्धि में ज्ञान अव्यक्त है।

व्यक्त अहंकार में अज्ञान अव्यक्त है।

ये व्यक्त और अव्यक्त स्वामी भाव के मुख्य दो तरह के प्रमाण हैं जो कि प्रत्यक्ष और अप्रत्यक्ष है।

अमरतत्व होने के कारण स्वामी भाव व्यक्त तो प्रमाण है लेकिन अव्यक्त में भी प्रमाण चाहता है।

जैसे नर के अन्दर नारी प्रत्यक्ष प्रमाण को देखना ये कला विष्णु भगवान ने शिव को मोहनी दर्शन के लिए प्रमाणित की थी ये नर रूप व्यक्त के अव्यक्त रूप से नारी का होना, जिस दर्शन से मोहित होकर महादेव यानि शिव में मोहनी रूप पर स्वामी भाव प्रकट हुआ, ये मोहिनी कला विराट के स्वामी भाव विष्णु ने ब्रह्म तेज ज्योति प्रकाशमान परब्रह्म से योग द्वारा प्राप्त की। ये ब्रह्म रूप ज्योति ही नारी अग्नि से प्रकट हुई है। जलाना या रोशनी यानि ज्ञान देना ये नारी या अग्नि का स्वधर्म है।

इसलिए शिव महादेव मोहनी रूप नारी, अग्नि से सममोहित होकर कामाग्नि में जलने लगे यानि अधीर हो गये। ये अव्यक्त पर स्वामी भाव जमाने में नाकामयाब रहे। क्यों अव्यक्त सत्ता की शक्ति, अगर ऊँ परब्रह्म नारायण जो परमात्मा परब्रह्म की है अन्यथा किसी की नहीं ये शाश्वत सनातन सत्य है। **यह मेरा ज्ञान अथवा अनुभव या अनुमान** है। यहाँ मेरा ये सोचना या कहना शायद गलत नहीं होगा कि सदा शिव महाकाल मोहनीरूप पर स्वामी भाव का आधिपत्य नहीं जमा पाते तो .....?

ये महादेव महाकाल के लिए एक जोरदार झटका अथवा एक करारी हार है। या स्वामी भाव की सीमा कह सकते हैं। एक महान योगी, महादेव महाकाल के ऊपर अव्यक्त सत्ता का प्रमाण है। अंधकार या अज्ञान ही अव्यक्त है। ये चेतना शक्ति अव्यक्त सत्ता विराट अंधकार में समाई हुई है जो योगेश्वर के योग द्वारा संचालित है इस चेतना शक्ति के द्वारा स्वयं योगेश्वर ही व्यक्त होकर ब्रह्म के द्वारा ज्योर्तिमय प्रकाशमान होते हैं। इसलिए योगेश्वर व्यक्त में और अवयक्त सत्ता ठीक ऐसे

**ऊँ श्रीपूर्णमदः पूर्णमिंद पूर्णात्पूर्ण मुदच्यते।**
**पूर्णस्य पूर्णमादाय पूर्ण मेवावशिष्यते**
**ऊँ शान्तिः शान्तिः शांतिः॥**

अर्थात् वो सर्वशक्तिमान परमात्मा पूर्ण है अगर पूर्ण से पूर्ण जोड़ दिया जाय तो पूर्ण ही होता है और पूर्ण में से पूर्ण घटा दिया जाए तो कुछ शेष नहीं रहता है। ये व्यक्त और अव्यक्त का योग है अथवा ये दोनों योग में है। इस मायारूप मोहिनी अव्यक्त शक्ति को पूर्ण रूप से नारायण अपने अन्दर अव्यक्त और व्यक्त की तरह ही धारण किए है। जैसे सृष्टि चक्र की जीवात्मा हो अथवा प्रकृति परमात्मा में समाये हों, या फिर प्रकृति के कण-कण में परमात्मा का निवास हो।

इसका अन्तिम खूबसूरत उदाहरण समर्पण में ही स्वामी भाव खत्म हो जाता है जो सृष्टि चक्र चलाने में वरदान साबित होता और साथ ही जनन और प्रजनन क्रिया प्रकृति का खूबसूरत हिस्सा भी बनता या साबित होता है। ये कहते हुए स्वीकार करे।

मैं नर हूँ, **तू नारायण है, मैं तुझमें हूँ**, तू मुझमें है। **ये समर्पण की गरिमा है।**

अब यहाँ महादेव, महाकाल के स्वामी भाव की गरिमा को मोहिनी रूप को देखकर जोरदार ठेस लगती है।

ये प्रकृति के रजोगुण का भी असर या कमाल है। महादेव इस अव्यक्त माया मोहनीरूप के कारण अधीर हो चुके।

एक दृष्टान्त पुराणों में जिसका प्रमाण है कि महादेव के मोहनी रूप को देखकर जो अधीरता पैदा हुई इसके कारण जो महादेव के आराधक थे। (पुराणों में लिखा है) करीब अट्ठासी हजार ऋषियों ने त्याग दिया, अर्थात् महादेव का सबने बहिष्कार किया क्योंकि ये सृष्टि के नियम के विरुद्ध हुआ, यहाँ तक आदि शक्ति भगवती भी अपनी क्रोधाग्नि के कारण जल-समाधि ले चुकी थी, इस तिरस्कार के कारण महादेव व्याकुल होकर अपमान भी सहन करते रहे, क्योंकि सभी ऋषिगण भी तिरस्कार कर रहे थे।

महादेव ने परेशानी के कारण, अथवा आदि शक्ति भगवती से अलग होने के कारण और ऋषियों के तिरस्कार के कारण, रजोगुणी माया मोहिनी को भूलकर सत्वगुण धारण कर अन्तर भाव में, अन्तर भाव से आत्म भाव में, आत्म भाव से परमतत्व भाव में समाधिष्ट होकर सदा शिव हो गये।

जहाँ तक मुझे अनुभव या ज्ञान है–शायद यहीं पर सदा शिव ने रजोगुण का त्याग कर दिया। इसके बाद सृष्टि के गर्भ द्वार पर

अण्ड या पिण्ड में सभा गये, जिसे लोग शिव लिंग कहते हैं। ये सात्विक गुण और सचेत होकर ज्योर्तिमय परब्रह्म यानि परमतत्व के ध्यान में समाधिष्ट होने के कारण स्वयंभू अथवा ज्योर्तिलिंग रूप में प्रकट हुए। इसलिए इसे ज्योर्तिलिंग भी कहते हैं।

रजोगुण के महान त्याग और सात्विक गुण में समाधिष्ट होकर नियमित सृष्टि के अंगरक्षक बन कर महादेव कल्याण साबित हुए।

सदा शिव की आज्ञा के बिना किसी भी रजोगुण की विजय अथवा कामयाबी संभव नहीं है।

सदा शिव महादेव में रजोगुण के त्याग के कारण सात्विक गुण और मोहनीरूप में रजोगुण के त्याग के कारण सात्विक गुण और मोहनी रूप पर स्वामी भाव उत्पन्न होने के कारण तामसिक गुण है। इन्हीं दो गुणों से–

सात्विक गुण से देव आदि उत्पन्न है।

तामसिक गुण से राक्षस उत्पन्न है।

इसी तामसिक गुण के कारण महादेव, महाकाल भी है। अब ऐसा कौन है जो महाकाल से नहीं डरता।

अब महाकाल से भय और भय से श्रद्धा, श्रद्धा से भक्ति पैदा होती है।

महाकाल की क्रोधाग्नि से बचने के लिए मृत लोक अथवा देव लोक देवता और राक्षस सभी शिव लिंग में समाधिष्ट सात्विक अवस्था में शान्त रहे।

इसलिए शिवलिंग पर जल और पंचामृत अर्पण करके फूल पत्ती भेंट करते हैं नशीले पदार्थ आदि। शिव लिंग पूजा में अभिषेक आदि का भी प्रावधान है। मैं तो कहूँगा शिव लिंग पूजा में ही कल्याण है।

इसलिए सदा शिव महाकाल देवता और राक्षस दोनों द्वारा पूजित खुशहोकर दोनों को ही वरदान देते हैं। समय-समय पर इनकी रक्षा भी करते रहते हैं।

देवताओं के गुरू बृहस्पति और राक्षसों के गुरू शुक्राचार्य भी शिव भक्ति करके महादेव को खुश रखते हैं। अंगीरस की विभोर भक्ति से खुश महादेव ने देवलोक के गुरू होने का वरदान दिया। यहाँ तक पृथ्वीलोक यानि मृतलोक में गुरू शब्द को संज्ञा देने वाले गुरू बृहस्पति ही है। अंगीरस का मतलब सभी शरीर के अंगों का रस शिव को अर्पण कर दिया था।

रावण ने तो सिर्फ गर्दन भेंट की थी। ये शिव भक्ति के महान प्रमाण हैं। फिर भी इस विशाल त्रिराट महान ब्रह्माण्ड में स्वामी भाव तमोगुण में लिप्त होकर रजोगुण पर सत्ता कायम करने के लिए सतोगुणी देव और राक्षस आपस में युद्ध करते रहते हैं।

ये दोनों भी देव और राक्षस वही गलती करते रहते हैं जो गलती महादेव ने मोहनी दर्शन पर स्वामी भाव का आधिपत्य चाहा

तो कितना ऋषियों द्वारा अपमान, शक्तिस्वरूप भगवती से विरक्त होने के अलावा खुद भी कष्ट से गुजरना पड़ा।

ये प्रकृति के दो गुण, सतोगुण और तमोगुण की रजोगुण पर सत्ता कायम के लिए देवता और राक्षसों की प्रवृत्ति है। सृष्टि का कोई भी जीव चौरासी लाख योनियों में प्रकृति के गुणों को पार नहीं कर पाता। महादेव सतोगुणी होने के कारण सदा शिव बनकर रह गये लेकिन देवता और राक्षस में सतोगुण नहीं होने के कारण महादेव शिव की शरण में जाकर ईस्ट बना लिया।

सदा शिव कभी काल बनकर और कभी महाकाल बनकर, और कभी-कभी महान योगी महादेव बनकर, सृष्टि में कल्याणरूप होकर प्रकृति के गुण और परिवर्तन का खेल देखते रहते हैं।

लेकिन रजोगुणी योग माया शक्ति प्रकृति अपने नियमित रूप से ही प्रवेश लेती है वरना दर्शन संभव नहीं है। प्रकृति अपने साम्राज्य में बाहरी हस्तक्षेप नहीं होने देती भले ही भगवान ने ही अवतार लेकर शरीर धारण किया हो तो नाशवान बना देती है अर्थात शरीर गुणों बरत लेती है।

हाँ अगर महादेव सदा शिव को प्रकृति के गुण और परिवर्तन का खेल देखना है तो प्रकृति से संधि करनी होगी वरना संधि नहीं की तो महाकाल के सामने महाकाली बनकर खड़ी-खड़ी हो जाएगी।

इसलिए महाकाल और महाकाली आदि भगवती शक्ति दोनों एक-दूसरे पर सत्ता जमाने अर्थात् संधि करने में एक युद्ध जैसा होता है।

ठीक वैसे ही जैसे एक पतिव्रता अपने पति को धर्म समझकर हर परिस्थिति में हालात का सामना करती है। इसके ठीक विपरीत जैसे कोई बाहरी आदमी एक पतिव्रता औरत की इच्छा के विरुद्ध उस पर गलत दृष्टि डाले तो वो औरत सहन नहीं करेगी। इसलिए जहाँ सदा शिव सात्विक गुण में समाधिष्ट है। वहाँ-वहाँ आदि शक्ति भगवती अपनी रजोगुणी माया का त्याग करके सात्विक गुण होकर ही श्रद्धा भाव से पूजा करती है।

भारत में (11) ग्यारह और (12) बारह नम्बर ज्योर्तिलिंग पशुपति नाथ नेपाल में है। ये 12 ज्योर्तिलिंग सात्विक और सिद्ध स्वयंभू है। जिनका सात्विक रूप जो कन्या के शुद्ध 12 साल होते हैं। 9 जन्मों की फल-फूल पत्ती और जल अर्पण करके पूजा की।

**नोट**–12 सालों तक कन्या होती है। 13 से 18 तक लड़की, 18 से 40 तक पत्नी और जो 40 साल के बाद औरत अनेक रिश्तों में बदल कर सिर्फ औरत रह जाती है। ये नारी की उम्र की जो अवधि है प्रकृति के नियम अनुसार है।

इसलिए आदि शक्ति भगवती ने प्रकृति के पवित्र 12 साल नियम के अनुसार पूजा की तो शिव ने भी इस पवित्र पूजा से खुश होकर वरदान दिये। वर्ना 13 साल की उम्र में प्रसूति होने के कारण लड़की बनती है। इस तरह माता भगवती आदि शक्ति (9) नौ

जन्मों तक मुख्य (12) बारह ज्योर्तिलिंग की पूजा और तपस्या करके सदाशिव महादेव से 9 दुर्गा देवी के नाम से प्रख्यात हुई, ये सात्विक और पवित्र भक्ति, पूर्णतया 108 जन्मों में हठ द्वारा नहीं पा सकी। वो 9 जन्मों में 12 साल की भक्ति से पा लिया, इसलिए शिव को भोला भी बोलते हैं। ये कभी-कभी भक्तों पर जल्दी खुश होकर कृपा कर देते हैं।

लेकिन जब हठ प्रवृत्ति के साथ रजोगुणी माया के रूप में महादेव शिव के तप को भंग करने के लिए रूद्राणी रूप में आई तो (108) एक सौ आठ जन्मों के शीश काट कर महाकाल रूप सदा शिव ने माला पहनी, क्योंकि इसी रजोगुणी मोहनी रूप से क्रोधित होकर महादेव ने रजोगुण का त्याग कर दिया था इस क्रोध अग्नि से ही शिव लिंग ज्योर्तिमय है, भक्त इसी क्रोध अग्नि को शांत करने के लिए शिव लिंग पर जल और पंचामृत चढ़ाते हैं।

लेकिन भगवती भी कुछ कम शक्तिशाली नहीं है, इसने भी जब शिव स्वयंभू होकर प्रकृति के दर्शन करके गुण और परिवर्तन, प्रकृति का खेल देखना चाहते तो भगवती वहीं आकर शिव लिंग को गर्भ में धारण कर लेती इस तरह शिव शक्ति एक-दूसरे को धारण करने से सृष्टि में अन्य योनियों का जन्म होता रहता है। इस तरह पूजा, भक्ति, प्यार का पवित्र प्रतीक बनकर रजोगुणी माया शक्ति ने शिव के साथ संधि करके प्रार्थना की।

हे महादेव आप मुझे वर दो अथवा मेरे वर्ण में आ जाओ। महादेव ने इस तरह पवित्र, भक्ति, पूजा प्यार के कारण आदि

शक्ति की प्रार्थना को स्वीकार करके संधि कर ली, इस शिव-शक्ति की संधि में जो वर्ण है। इसी वर्ण के कारण शिव शंकर वन प्रकृति में शरीर धारण करके परिवर्तित हो जाते हैं। यही विराट की त्रिगुणी मायारूप प्रकृति है जो एक महान योगी सदा शिव, महादेव अथवा महाकाल को अपने में ले आई। आज भोले शंकर प्रकृति में कैलाश पर निवास करते हैं। आराधक लोग ऐसा मनाते हैं।

अब यहाँ एक सवाल पैदा होता है। ये विराट विष्णु है या कोई और ये त्रिगुणी माया, सनातन पुरुष, महादेव, सदाशिव, अण्ड या पिण्ड क्या ये सूक्ष्म अंणु के रूप में है अथवा ये अति सूक्ष्म अंणु जनन और प्रजनन क्रिया का हिस्सा है, क्या वे इतने सूक्ष्म अंणु है जो साधारण लोग आज की दुनिया में इन्हें आंखों से नहीं देख सकते।

ये अंणु प्रकाश में है या अंधकार में विष से भरे हुए हैं या अमृत से, ये क्या मृत हैं या अमर, इन सूक्ष्म अंणुओं के अन्दर प्रकाश है अंधकार नहीं, लेकिन जहाँ तक मैं सोचता या समझ सकता हूँ अभी विष + अंणु यानि विष्णु ये जहर या विष के अंणु क्या ये जहर या विष से बने अंणु हैं या इन्हीं में अमृत छुपा है, इन जहरीले, अंणुओं से अमृत निकालना होगा, तभी सृष्टि सम्भव है। क्या अभी तक सृष्टि नहीं है। क्या सृष्टि भी विष के अंणुओं के अन्दर विराजमान है अथवा समाई हुई है। इतना समझकर या अनुमान लगाकर मैं तो एक ही निर्णय कर सकता हूँ ये विराट दुनिया जो अंणुओं में अथवा विष के अंणुओं में है, ये सृष्टि

विषैले अंणुओं वाली है। इस सृष्टि पर जहर का साम्राज्य है। शायद ये अनन्त होते जा रहे हैं और एक-दूसरे से टकरा कर टूटने लगे हैं। अब इन अंणुओं के विष का साम्राज्य छोटा पड़ने लगा है ये विष के अंणु शायद मुख से एक-दूसरे को खाने लगे हैं या एक-दूसरे के जहर को पीने लगे हैं। इन भूखे-प्यासे अंणुओं से कौन लड़ेगा, कोई तो इन पर अपनी सत्ता जमायेगा और इस विराट सत्ता का लीलाधर कैसा होगा, वो जैसा होगा वैसा ही कहलायेगा।

मेरे ख्याल से सूक्ष्म से अति सूक्ष्म और बड़ा होने पर विराट या अनन्त होगा, जो अनुभव और अनुमान के ऊपर होगा।

एक ऐसा योद्धा जो इन भूखे-प्या्से जहरीले अंणुओं से लड़ता हुआ अपने ही पसीने के निकले हुए जल या पानी में डूबकर अनन्त सागर या समुद्र में समा जाएगा।

इन जहरीले अंणुओं के भक्षण से नील वर्ण पैदा होगा, नील, तेज बनकर अग्नि के अलग-अलग जल अथवा समुद्र के पानी से निकलता हुआ रंग प्रदान करेगा।

यही तेज अव्यक्त से व्यक्त नील वर्ण की अग्नि को समुद्र से धकेलता हुआ निकलेगा तो हवा का जन्मदाता भी कहलाएगा। इस अक्षर ऊँ परब्रह्म नारायण विष्णु के तेज से जो उद्घोष होगा वही शब्द इस ब्रह्म का जन्मदाता साबित होगा।

अब तो नील वर्ण के तेज का रूप आकाश जो नीला दिखाई पड़ता है, अनन्त है। और जो नील तेज अग्निरूप जल या पानी के

प्रभाव से सफेद प्रकाशरूप है ये ज्योर्तिमय ब्रह्म दिखाई पड़ता है ये अंधकार का नाश करता है। अंणु से अण्ड, अण्ड से पिण्ड की रचना अति सूक्ष्म होकर रचता हुआ अव्यक्त होता है।

अंणु, अण्ड और पिण्ड में ज्ञानेन्द्र होकर स्वयंभू प्रकट होता है। इन्हीं त्रिगुण से सृष्टि की रचना करता है।

इस तरह अपने जहरीले अंणुओं से बचाकर अण्ड का कवच होकर अमृत रूप पिण्ड में अन्न का जन्मदाता है।

**नोट**—इस महान खेल को 'मैं' जैसी मेरी भक्ति या तपस्या से ज्ञान हुआ एस.के. पारासर 7 साल के त्याग की अपनी उम्र का जो हिस्सा दिया है। इस अनुभव को, अपनी जन्म-भूमि को भेंट करता हूँ। ये मेरे लिए अनोखा अनुभव है। स्पेशल VIP ये सर्वशक्तिमान—इसे आप किसी अलग धर्म या सम्प्रदाय के तरीके से न सोचें या समझें, इसे आप स्वधर्म के तरीके से समझे, ये देश, समाज, धर्म के कल्याण हेतु पैगाम साबित होगा, मुझे पूरी उम्मीद इसे आप समझकर स्वीकार करेंगे जो कट्टरपंथी विरोधी समुदाय के लिए मुँह तोड़ जवाब होगा।

पैगाम—जो स्वयं ही जहरीले अंणु पैदा करता है जो अंणु फूटकर एक-दूसरे को खाते हैं, फिर खुद ही इन अंणुओं का भक्षण कर जाता है। ये समझना है।

दूसरी बात—वही, अंणु से अण्ड और जहरीले अंणुओं से बचाकर अण्ड का कवच बनता है, फिर अण्ड के अन्दर जो पिण्ड से अमृत रूप अन्न का जन्मदाता होता है।

वो सर्वशक्तिमान अंणुओं में जो जहरीले हैं एक-दूसरे को खाते हैं, वही सर्वशक्तिमान, अण्ड से अमृतरूप अन्न पैदा होकर अनन्य हो जाता है फिर अन्न ही अन्न को खा जाता है।

– जब खाता भी वही है बनाता भी वही है। ये धर्म सम्प्रदाय, कट्टरपंथी की भावना क्यों? इस मतभेद से बचने के लिए, ये आत्मज्ञान स्वधर्म, सनातन पुरुष की पहचान साबित होगा। इसलिए मनुष्य को अपने आत्मबोध से नहीं गिरना चाहिए।

मैं, एस. के. पारासर धर्मग्रंथियों और समाज अथवा देशवासियों को यही पैगाम देता हूँ। अपने स्वधर्म सनातन पुरुष की रक्षा करो। जो आपके अन्दर ही विराजमान होकर बैठा है।

– इसलिए मैं भी इस पैगाम के बाद वापस शाश्वत सत् सनातन की ओर रुख लेता हूँ, जहाँ विराट विष्णु या कोई और.....।

अब सभी जहरीले अंणुओं के भक्षण से या सभी अंणुओं के एक रूप में होने के कारण वो विष + अंणु यानि विष्णु बन गया जो त्रिगुणी माया के ऊपर माया के ऊपर विराट सत्ता का मालिक विष्णु रूप धारण करके बैठ गया, अथवा अति सूक्ष्म से विराट होने के कारण, एक रहस्य बन गया। ठीक वैसे ही जनन-प्रजनन से पहले यानी जन्म और मृत्यु के कारण से भी ऊपर की सत्ता पर बैठा हो, अंधकार को खत्म करके प्रकाश को पैदा करने के कारण, अंधकार और प्रकाश से ऊपर, विष के अंणु अण्ड के जहरीले कवच पिण्ड के ऊपर यानि अण्ड और पिण्ड के ऊपर,

जहर के कवच अण्ड में अमृतरूप अन्न पैदा होने के कारण, जहर या अमृत से ऊपर, इसे आप ऐसे भी समझ सकते हैं मृत से अमर के ऊपर, सृष्टि चक्र का मूल आधार होने के बाद भी सृष्टि से विरक्त करके आत्मभावेत और प्रकृति में जीव को प्रवृत्त होने के कारण, सृष्टि चक्र, प्रकृति और जीव इन तीनों से अलग और ऊपर।

इस तरह गुण और तत्व पंचभूत, जल, अग्नि आदि से रहित होने के कारण प्रपंच से ऊपर, ये अक्षर ऊँ परब्रह्म, नारायण निराकार से साकार होकर विष्णु रूप धारण स्वइच्छा से व्यक्त और अव्यक्त होता है, जो जीव अथवा, आदमी के अनुमान अथवा अनुभव से ऊपर यानि न जानने या समझने के कारण है। वो सर्वशक्तिमान सत्-असत्, ज्ञान-अज्ञान, चेत-अचेत, यानि जड़-चेतन, व्यक्त-अव्यक्त, अनुभव या अनुमान निवृत्त होकर स्वइच्छा से प्रकट होता है।

ये एतद् ही आत्म-भावेत है, यानि एतद्, ऐसा है। संसार में जो भी दिखाई देता है एतद् ही है। एतद् के साथ ये संज्ञा भी तो जाती है। अनाभ्य, अजपा, अभूः, अजन्मा जैसी अनन्त संज्ञा दे सकते हैं।

तन मात्राओं का समावेश अक्षर ऊँ परब्रह्म नारायण से पारदर्शी होकर अंणुओं को मारने वाला, या भक्षण करने वाला अथवा ये भी कह सकते हैं, अंणुओं वाला, या फिर अंणुओं से पैदा होने वाला, सृष्टि-चक्र, प्रकृति और जीव में होकर नहीं होने

वाला, प्रपंच तत्व से कैसे साकार हुआ होगा, ये विराट विष्णु ये रहस्य की तरह है। इस पारदर्शिता को कैसे समझा जाए। या फिर अनन्त-अनन्त बोलकर या समझकर एतद् ऐसा है।

ऐसा होने के कारण को जानने के लिए प्रत्यक्ष प्रमाणित होना होगा।

प्रत्यक्ष प्रमाण भी अपनी संज्ञा मांगेगा।

## अहम् ब्रह्म आस्मि्

यहाँ मैं शब्द का जन्म है। तेज के उद्घोष अक्षर ऊँ परब्रह्म तन मात्राओं के समावेश से जो स्वर पैदा होता है, यही शब्द का जन्मदाता होता है। यानि साकार रूप का संसोधन करता हुआ, उद्घोषणा करता है, ये उद्घोष ही में शब्द का जन्मदाता है।

**नोट**—इस अनुभव अथवा ज्ञान को मैं कह सकता हूँ।

अहम् ब्रह्म आस्मि।

मैं ब्रह्म हूँ, यानि ब्राह्मण हूँ।

जहाँ मैं संशोधन के लिए कल्याण कारक हो, तो स्वामी भाव उत्पन्न होता है।

अब यहाँ ब्रह्म पहले पारदर्शी होकर, अहं ब्रह्म आस्मि की संज्ञा ले चुके फिर उद्घोष से स्वर मिलाकर स्वामी भाव से प्रकट है।

यहाँ अंधकार से प्रकाश होता है या फिर प्रकाश से अंधकार। जो इन दोनों का पारदर्शी है।

ज्योर्तिमय ब्रह्म से विराट मिलता है या ब्रह्म विराट में..... ये सब स्वामी भाव प्रमुखता ले चुका शायद इसलिए एक-दूसरी सत्ता को पारदर्शी होकर जाना अथवा आना होगा।

यहाँ नील वर्ण को प्रकाशमान होकर सफेद वर्ण में यानि नीला-प्रकाश या नीली रोशनी, सफेद-प्रकाश सफेद रोशनी पैदा होगी।

जो स्वयं पैदा होता है वो ही स्वामी है, उस सत्ता का भाव प्रकट करता है।

इस तरह पारदर्शी स्वयं ही स्वयंभू की तरह ही ज्योर्तिमय प्रकाशकान होकर ब्रह्म ही उद्घोषणा करता है, अहम् ब्रह्म आस्मि्।

इतना भर कहने से कल्याण हो जाता है संसार अथवा विराट, शिव, महादेव, स्वयंभू की तरह प्रकाशमान ज्योर्तिमय ब्रह्म बन जाता है।

इस तरह उत्पन्न ब्रह्म को एतद् यानि ऐसा है। यही कहेंगे या समझेंगे।

अब हम कह सकते हैं सदाशिव, महादेव सनातन पुरुष स्वयंभू होकर ब्रह्म में प्रकट हुए हैं।

ये हम पहले भी बता चुके हैं कि विषय के अंणुओं वाली सृष्टि पर विष + अंणु, स्वामी भाव, आत्मभावेत्, स्वयंभू होकर विराट सत्ता का महानायक सम्राट विष्णु, और सदाशिव, अण्ड और पिण्ड से स्वयंभू सनातन पुरुष महादेव, काल, यानि अंधकार, अथवा अंधकार ही मृत्यु है।

महादेव, सदाशिव मृत्यु पर विजय इस अंधकार में ही पा लेते हैं। स्वयंभू प्रकट होने के समय निर्धारित माना जाता है। यहाँ समय का जन्म ही समझो, स्वयंभू हो चुका इसे भूतकाल, समझो, स्वयंभू प्रकट है। इसे वर्तमान काल समझो, स्वयंभू जा रहा है। इसे भविष्य काल समझो।

जो तीनों काल, भूत, भविष्य, वर्तमान में स्वयंभू हो जाए इसे महाकाल समझो। ये जो स्वयंभू ही अमरतत्व है जो परम तत्व से मिलाता है। स्वयंभू ही आत्म बोध है।

ये सब आसान नहीं है **परम तत्व** अमर तत्व, आत्मबोध ये सब आसान नहीं है। परम तत्व, अमर तत्व, आत्मबोध एतद् ऐसा विष अंणु यानि **विष के अंणुओं से पार** अथवा विषैली सृष्टि को पार करना होगा।

तब ही इस विराट सत्ता के मालिक विष्णु में प्रवेश संभव है। इस तरह इस नाशवान शरीर अनात्मा 'मैं' शब्द को खत्म करने या भूलने से......

उस विराट **'विष्णु धाम'** यही वो **एक धाम** है।

A House of God में प्रवेश ही नाशवान शरीर अनात्मा, 'मैं' शब्द खत्म होकर, अक्षर ऊँ, परब्रह्म है। इसी विराट में मैं मिल जाना ही मैं से मैं तक जाने का मार्ग है। जिसे मैं एस. के. पारासर एक धाम कहता हूँ अथवा एक धाम की घोषणा करते हुए....ये इस तरह भी मनन, जाप या नाम लिया जा सकता है।

**विष्णु, नारायण, कृष्ण, माधव, मधुसुधम्।**

**हरि, नर हरि, राम, गोविन्द, दधिच बामनम्॥**

**ऊँ श्री हरि शरणम्।**

**ब्रह्माण्ड में ब्रह्म का महत्व.....अहम् ब्रह्म आस्मि्।**

**ब्रह्म सत् जगत् मिथ्या।**

पर प्रकाश डालने वाली बात शुरू करते हैं। ऐसा क्यों है....?

ऐसा है तो मैं जरूर इस ब्रह्म को देखकर या समझकर चलूँ ठीक उसी तरह परब्रह्म और ब्रह्म में कितनी दूरी है। शाश्वत सत्-सनातन पुरुष बनकर आत्म तत्व से परमतत्व को देखूँ।

इस ब्रह्म में सनातन सत् कहाँ से कैसे आता है। इसे देखूँ या इसके दर्शन करूं, ये कैसे संभव है। क्या ये प्रकृति में प्रवृत्त होकर झूठ, कपट, छल, काम, क्रोध आदि विषयों को गुरू समझकर ग्रहस्थ का घर, यानि परमात्मा की प्रकृति पर ऐतवार न करके, 'एक घर' में सिमट कर सुविधाओं वाली प्रकृति बनाकर अपने

दरवाजे पर नजर रखूं, ये जानने के लिए इस घर पर मैं और मेरी पत्नी है, और झूठ या सच, छल-कपट करके कमाई गई सुविधाएं हैं।

**गृहस्थियों के पाँच गुरू होते हैं जिनके बिना गृहस्थी का चलना मुश्किल है। ये काम क्रोध, लोभ, मद मोह, इनकी आज्ञा से घर अथवा गृहस्थ चलता है।**

मैं तो इस ब्रह्म में शादी-शुदा नहीं हूँ, ब्राह्मण जन्म से हूँ, एक संन्यासी की तरह हूँ, मेरा कोई गुरू नहीं है, मैं सृष्टि चक्र की देन हूँ, प्रकृति में प्रवृत्ति से बचना चाहता हूँ, ब्रह्म विषयों के बीच में घिरा हुआ हूँ, संस्कृति, सभ्यता, संस्कार, मेरे जन्मदाताओं ने विरासत में दिये हैं।

सबसे महत्वपूर्ण मार्ग दिया, सत् या सनातन की खोज या दर्शन।

ये सवाल मुझे अपने जन्मदाताओं या माता-पिता से मिला है, सत् या संनातन का "मार्ग दर्शन"। शायद वे मेरे जन्मदाता नहीं प्राप्त कर पाये, तो उन्होंने इस मार्ग दर्शन पर जाने की प्रेरणा मुझे, विरासत में देकर चले गये।

मैं अब गृहस्थ नहीं हूँ, गृहस्थ के द्वार पर जन्म-मृत का रहस्य तो है, ये तो सांसारिक साधारण जीव ग्रहस्थी भी देख सकते हैं, ये कैसे हैं, ये नहीं देख सकते क्योंकि विषयों में घिरा, गृहस्थी, इस जन्म-मृत्यु के रहस्यों के विषय में सोच ही नहीं सकता, क्योंकि इनके पाँच गुरू काम-क्रोध आदि, सृष्टि, चक्र, प्रकृति में प्रवृत ब्रह्म विषय में वासना के वशीभूत होकर मृत्यु को प्राप्त हो जाते हैं।

जो मनुष्य होने का एक जन्म या एक मौका मिलता आत्मबोध का उसे खो देते हैं और फिर योनियों में ही गिरते रहते हैं। यही जन्म-मृत्यु का कारण है।

लेकिन मैं गृहस्थ होकर अपने घर के दरवाजे पर बड़ी सावधानी या सतर्क होकर जन्म-मृत्यु के रहस्य को समझूँगा और अपने माता-पिता या जन्मदाताओं के सत्य या सनातन मार्ग दर्शन की खोज भी करूँगा।

ठीक ऐसे।

ब्रह्म सत् और जगत मिथ्या कैसे है?

इसकी शुरूआत मैं अपने जन्मदाताओं और अपने जन्म पर प्रकाश डालकर कर रहा हूँ।

मेरे जन्मदाताओं ने कभी अपनी जीवन में सत् या सनातन को जानने या समझने अथवा प्रत्यक्ष लाने की कोशिश की होगी, शायद वे अपनी इस कोशिश में नाकामयाब रहे होंगे।

शायद यही सोच कर उन्होंने ये मार्ग-दर्शन दे दिया।

## सत् का सनातन मार्ग दर्शन

ऐसी बात नहीं है, उन्होंने मुझे सिर्फ मार्ग दर्शन ही दिया उन्होंने मुझे खूब पढ़ाय लिखाया और मैंने भी जमकर पढ़ाई की, मैंने मिडल से मैट्रिक, से बी.ए., एम.ए., एल.एल.बी. के अलावा एल.एल.एम. किया। इस तरह पूरी शिक्षा दीक्षा और प्रेरणा देकर, सत् या सनातन के मार्ग दर्शन के साथ मेरा नाम भी सत्य रख दिया। इसलिए मैं सत् हूँ।

सत्य और इंसाफ एक सिक्के के दो पहलू ही की तरह हैं। अब मेरे लिए दो काम जरूरी है। पहला अपने लिए दो वक्त की रोटी जीवन को चलाने जैसी सुविधा, दूसरा अपने जन्मदाताओं द्वारा दिया गया सत्य का सनातन मार्ग दर्शन। इसलिए मैं अपनी डिग्री और डिप्लोमा आदि को लेकर कोर्ट की दहलीज पर पहुँचा।

सामने कोर्ट की दहलीज पर मेरे ही पोज में दस आदमी खड़े थे, उन्होंने मुझसे मेरा परिचय मागा। मैंने जवाब में कहा जी सत्य।

उन्होंने जोरदार ठहाका मारकर मजाक के अंदाज में हँसते हुए कहा....सत्य और यहाँ।

मैंने पूछा क्यों यहाँ सत्य नहीं है

– उन्होंने मेरा मजाक उड़ाते हुए कहा सत्य की तलाश है तो कोई दूसरी जगह या किसी और दुनियाँ का दरवाजा खटखटाओ।

मैंने अतीत में मुड़कर देखा और सोचा समझा तो मुझे लगा कि इतनी मेहनत से ये डिग्री डिप्लोमा लेने के बाद भी मैं सत्य से दूर हूँ।

मैं खुद पर काबू न पा सका। मैंने सभी डिग्री और डिप्लोमा को फाड़कर कर कोर्ट की दहलीज पर फैंक दिया।

– उनमें से एक आदमी ने गुस्से से मेरा गिरेबान पकड़कर कहा इडियट मिला दी जिन्दगी भर की पूंजी पानी में, ये क्या किया तूने?

मैंने अपना गिरेबान छुड़ाकर कहा–ये डिग्रियाँ मेरे मार्ग में बाधा बनतीं इन्हें फाड़कर, मैंने अपना मार्ग साफ कर लिया।

– उसने कहा इतना नुकसान करके कौन-सा मार्ग साफ किया तूने जरा हम भी तो सुनें।

मेरा जवाब था, अपने जन्मदाताओं अथवा मेरे माता-पिता का दिया गया सत्य या सनातन का मार्ग-दर्शन। मैं मुड़कर चल दिया।

– पीछे से आवाज आती रही, मैं चलता रहा, यहीं से मेरी खोज शुरू हो गई

– आवाज आ रही थी इस मार्ग पर तुझे कुछ नहीं मिलेगा। कुछ नहीं मिलेगा।

मैंने यहीं से ब्रह्माण्ड की यात्रा और जानकारी शुरू कर दी और मैंने यात्रा खत्म भी कर डाली।

इस ज्ञान और अनुभव की जीवन यात्रा में एक ही पड़ाव बाकी रह गया था। शादीशुदा न होने के कारण गृहस्थ का दरवाजा।

मैं हमेशा इस गृहस्थ को विषयों में काम, क्रोध आदि में ही घिरा देखता अथवा समझता था।

जन्म-मृत्यु के रहस्य अथवा सत् या सनातन मार्ग-दर्शन को जानने या समझने के लिए इनके पास समय या फुरसत ही नहीं है।

मैंने सोचा कहीं मेरे जन्मदाता गृहस्थ होने की वजह से काम-क्रोध आदि में फंसे हुए, शायद इसलिए नहीं कर पाये हों, सत्य या सनातन का मार्ग-दर्शन।

मैंने यही सोचकर फैसला किया कि मैं काम-क्रोध आदि को त्याग कर घर की सभी जरूरत की चीजें सामान को जुटाकर अपनी पत्नी के लिए सुख सुविधा के बाद ही गृहस्थ बनकर, पहले ही घर के दरवाजे पर पड़ाव डालकर, जन्म-मृत्यु के रहस्य और सत्य या सनातन की खोज करूँगा। पूरी दुनिया ब्रह्माण्ड की जानकारी, ज्ञान और अनुभव के बाद यही पड़ाव बाकी था, चलो इस पड़ाव पर देखूँ, या नहीं देखूँ।

मैं सोचता रहा काफी समय तक विचारों में घिरा रहा। विचारों से जब इंसान घिर जाए तो कर्म का सहारा लेना चाहिए। यही सोचकर मैंने भी तय कर लिया।

पूरी दुनिया, पूरा जहाँ, पूर्ण ब्रह्माण्ड घूमने के बाद जब मुझे कहीं भी सत्य या सनातन का मार्ग दर्शन नहीं मिला तो मैंने तय कर लिया, कि मैं चुपचाप अपने घर में बैठूँगा और यहीं पर सत्य या सनातन की खोज करूँगा।

इस घर की हरेक चीज में से जो मैंने सच-झूठ बटोरा है अपने आप में से अपनी पत्नी में से, यहाँ तक कि आने-जाने वाली हर सांस में से देखूँगा कहीं से सत् या सनातन का कोई अंश न गुजर जाए।

**समय गुजरता गया**, मुझे अचानक पता चला कि मेरी पत्नी गर्भवती है।

अब इस घर में एक ही नई चीज थी आने वाला, शिशु, मेरा बच्चा।

मैंने बहुत कोशिश की, मैं न तो इस शिशु के बारे में सोचूँ, न देखूँ और न ही इसके बारे में कोई जिकर करूं आदि आदि।

लेकिन करता क्या? मैं मजबूर था मेरा सत् या सनातन का मार्ग-दर्शन मेरे और शिशु के बीच युद्ध का ऐलान कर चुका था।

अचानक मेरे जेहन या दिमाग में सवाल उठा-क्यों? क्यों न इसके करीब जाऊँ, आखिर मैं इसका बाप हूँ, खून है मेरा, क्यों न इससे पूछूं क्या चाहता है तू? क्यों आना चाहता है इस दुनिया में, क्या करेगा- क्या बनेगा तू, समझता नहीं और तू समझेगा भी नहीं।

मेरी पत्नी सामने बैठी हुई, मुझसे कहने लगी-जैसे ये तुम्हारी सारी बातें सुन रहा है।

मैंने अपने पत्नी से कहा-पेट की ओर झुकते हुए, कैसे नहीं सुनेगा, मैंने गर्भ में शिशु से गरजकर ....... सुनो ..... मेरे बारे में मैंने क्या कुछ नहीं किया सत् या सनातन को जानने के लिए, सुन ..... मैं वैल क्वालीफाईड जज मैं जन की उपाधि धारण करने वाला सत्य, मैं जिन्दगी और मौत का फैसला देने वाला सत्य, मैं अपनी पूरी जिन्दगी पूरी हस्ति, पूरा अस्तित्व, सत् या सनातन की

खोज में मिटा देने वाला सत्य, पता नहीं तू साबित कर पायेगा या नहीं .... सत्य ....।

मैं नहीं जानता सत् ..... ?

पत्नी बोलना चाह रही थी ..... मैंने ..... चुप रहने का इशारा देकर...... ? और फिर शिशु की ओर देखते हुए सुन समझ सकता है तो समझ, ये तेरा भ्रम है कि, इस गर्भ से बाहर निकलकर कुछ नया कर दिखायेगा, कुछ नहीं कर पायेगा तू ....।

सुन .... हो सकता है कि तू गर्भ में अपंग हो जाए, हो सकता है तू जन्म से पागल हो जाए, अरे मान लेता हूँ, तू मेरी ही तरह परिपूर्ण पैदा हो जाए और मेरी ही तरह परिपूर्ण पैदा होकर पढ-लिख भी जाए तो स्वीकार न कर पाये....अपने जन्मदाताओं का सत् या सनातन का मार्ग-दर्शन.....।

अब मैं समझ गया .... मानेगा नहीं, जिद्दी है, जरूर आयेगा, ठीक वैसे ही जैसे मैं..... (ये मैं शब्द का जन्म है) अपने जन्म की वजह से, अपने जन्मदाताओं के मार्ग में बाधा बनकर आ गया था।

आज ठीक उसी तरह मेरे मार्ग में बाधा बनकर आ गया और मुझे शिकस्त दे गया तू ..... ?

देख मेरी तरफ वर्तमान में, मैं ........ 55-60 और 100 साल के बीच उम्र गुजारने वाला ऐड़ी से चोटी तक प्रत्यक्ष झूँठ हूँ।

भविष्य में 50-60 और 100 साल के बीच उम्र गुजरने वाला झूठ यानि एक नया झूँठ तुझे पैदा करके चला जाऊँगा....ठीक वैसे

ही, जैसे भूतकाल में वो मेरे जन्मदाता मुझे पैदा करके चले गये....।

न जाने कब..... ये भूत, भविष्य, वर्तमान काल खत्म होंगे और न जाने कब वो प्रत्यक्ष सत् या सनातन जन्म लेगा .... कौन जान पायेगा, कौन देख पायेगा, उसे ... कैसा होगा उसका रंग-रूप, कैसा होगा उसका आकार, कैसा होगा उसका चक्रव्यूह, जो सनातन, सत् और असत् का दर्शन देकर .... A House of God ''एक धाम'' तक ले जायेगा। इसके लिए शिव कल्याण मार्ग है।

इसलिए शिव शक्ति द्वारा वरने के कारण शंकर यानि वर्ण शंकर रूप में प्रकट हुए।

ये सृष्टि कल्याण के लिए कैलाश पर्वत पर शक्ति के साथ विराजमान यानि समाधिष्ट है।

शिव ब्रह्म विषय का त्याग करने के साथ कर्मन्द्रियों को अर्न्तमुख करके अन्तरभाव यानि आत्मतत्व में ज्ञानेन्द्र होकर समाधिष्ट है।

**नोट**-कुछ विद्वानों का मत है कि ये शिव-शंकर ने अमर होने के लिए किया।

लेकिन मेरा ज्ञान और अनुभव कहता है कि ये सदा-शिव, स्वयंभू, महादेव्र ने पहले सनातन पुरुष बनकर विराट अंधकार में काल पर विजय पाई फिर भूत, भविष्य, वर्तमान काल पर विजय पाकर महाकाल बने अब ब्रह्म यानि ब्रह्माण्ड में रजोगुणी माया

शक्ति पर विजय पाकर रजोगुण का त्याग किया फिर शिवलिंग अण्ड और पिण्ड में अर्न्तमुख होकर समाधिष्ट है।

जो भारतवर्ष में जो ज्योर्तिलिंग रूप में आज भी भक्तों द्वारा पूजित हैं।

सृष्टि के संचालन के लिए रजोगुणी माया शक्ति ने समर्पण हो कर श्रद्धा भाव, ज्यादा प्रेम, भक्ति से खुश होकर वर्ण शंकर भोले हो गये।

इस बात का प्रमाण आज की हर नारी में मौजूद है। नारी कितनी भी धनवान या रजोगुणी हो, अपने नर रूप पति के सामने समर्पित होती है।

योग माया शक्ति से संधि करके किट आदि जहरीली सृष्टि के निर्माण में लगे हैं।

ब्रह्म आज्ञा में स्वयंभू अण्ड अथवा पिण्ड से प्रकाशमान ज्योर्तिपिंड या ज्योर्तिलिंग रूप में प्रकट होते हैं। जिससे दिशाओं का जन्म हुआ है, अब दिशाएं ब्रह्म में अवरुद्ध होकर सिमट जाती हैं। इन्हीं अवरुद्ध 10 दिशाओं में दस इन्द्रियों का जन्म है। जो 5 ज्ञान और 5 कर्मेन्द्रियाँ ग्यारहवां मन है यही ग्यारह रूद्र है। जिनकी मांग महाकाल करते हैं।

जीव यानि मनुष्य के ग्यारह रूद्र खत्म होकर महाकाल को प्राप्त होते हैं जिससे मृत्यु का जन्म होता है।

इस तरह सदाशिव महादेव, सतोगुणी और महाकाल तमोगुणी दो गुण अथवा रूप में प्रकट होते हैं।

योग माया, शक्ति रूप में रूद्राणी प्रकट होकर युद्ध करती है। ये युद्ध 108 जन्मों तक होने के बाद। .... शिव-शक्ति की संधि तभी संभव हुई, जब शिव की आराधक बनी प्यार-प्रेम श्रद्धा भक्ति से, वरना शिव महाकाल रूप धारण करके 108 बार गर्दन काट चुके थे।

शक्ति के समर्पित भाव और प्रार्थना करने से शिव वर्ण शंकर बने। कहने का मतलब ये है कि शक्ति से युद्ध के कारण संधि नहीं हुई, श्रद्धा भाव प्यार-प्रेम, समर्पण करने से शिव के साथ संधि हुई।

शिव भोले श्रद्धा भाव से भक्ति करने वालों के सामने जल्दी ही शंकर रूप धारण करके अपने भक्तों का भाषा, धर्म, जाति के कर्म आदि का कोई ज्ञान नहीं है। ऐसा लगता है .... न कोई राजा है ... न कोई गरीब।

व्यक्त-अव्यक्त, सत्-असत्, चेत-अचेत, ज्ञान-अज्ञान, सभी अपनी स्थिति में सामान्य हो।

यहाँ शिव-शक्ति की संधि होने के कारण अनेक कीट आदि योनियाँ अंधकार में पैदा हो चुकी थी जो जहरीले अंणुओं वाली विष्णु की सृष्टि के बाद पैदा हुई थी।

जो पंच महाभूतों के दौरान पैदा हुई, इसमें सभी जहरीले जीव जिनमें कर्मेन्द्रियाँ आदि भी विकसित नहीं थी। ये सृष्टि अण्ड से पिण्ड यानि अण्डज कह सकते हैं। इस अण्ड और पिण्ड का जहरीला कवच, विष + अंणुओं में से पैदा हुआ था। जिस सत्ता का स्वामी विष्णु भाव से प्रकट हुआ था वो विराट की संज्ञा लेता हुआ प्रकट है।

ये सृष्टि अंधकार में विराट, माया शक्ति, सदाशिव, महादेव महाकाल आदि को समेटे हुई थी।

अब ये सृष्टि अक्षर ऊँ परब्रह्म से ज्योर्तिमय प्रकाशमान होकर अंधकार का नाश करती हुई ब्रह्म रूप में प्रकट है। जो विषयों का ज्ञान करवाती है। ब्रह्म से ही ज्ञान होता है। प्रकृति के अथवा सृष्टि के सभी गुण ब्रह्म विषय ही कहे जाते हैं। जीवन इन्हीं ब्रह्म विषयों में प्रवृत्त रहता है। इन्हीं से पैदा होकर, इन्हीं विषयों में प्रवृत होकर मर जाता है। यही जन्म-मृत्यु का कारण है।

## ब्रह्म सत्ता में कर्म का ज्ञान और जन्म

अब इस सृष्टि या ब्रह्माण्ड में विराट विष्णु रूप अन्न और अनन्य, अनन्त है, सदाशिव महादेव, महाकाल सनातन पुरुष स्वंभू रूद्रों को न मिलने की वजह से जल में समाधिष्ट होने के साथ, अनन्त आकाश में सूर्य नारायण का रूप होकर समाधिष्ट है। इसलिए जल और आकाश में दोनों जगह नारायण ही समाधिष्ट है। सूर्य नारायण के बिना अग्नि तत्व का प्रमाण संभव नहीं होता।

यहाँ आप ऊँ नमो: नारायण कह सकते हैं। ज्योर्तिमय प्रकाशमान ब्रह्म ने सृष्टि, जीव, प्रकृति आदि का **ब्रह्म शब्द** द्वारा संसोधन होने के कारण, कल्याण।

इस तरह वो सर्वशक्तिमान अक्षर ऊँ परब्रह्म नारायण ब्रह्म रूप में ज्योर्तिमय प्रकाशमान होकर इस सृष्टि का सृष्टा बनता है और जीव की दृष्टि का दृष्टा बनता है या इसे ऐसे समझा जा सकता है जो दृष्टि का दृष्टा वही सृष्टि का सृष्टा है।

यहाँ हम ये समझ सकते हैं। निराकार से साकार ब्रह्म के दर्शन ये एक सनातन स्थिति है। इस स्थिति को सतयुग का रूप अथवा समय कहेंगे। क्योंकि सब कुछ उस एक सर्वशक्तिमान परमात्मा द्वारा सामान्य स्थिति में स्थित है।

अंधकार से प्रकाशमान स्थिति। ऐसा लगता है जैसे पूरी सृष्टि स्वयंभू ही है, यही सनातन शाश्वत सत्य, सतयुग में अक्षर ऊँ परब्रह्म नारायण, ब्रह्म रूप में ज्योर्तिमय प्रकाशमान होकर प्रकट हुए हैं। यही ब्रह्म दर्शन है। जो शब्द का उद्घोष मात्र है, यहाँ किसी भी इस ब्रह्म में, गृहस्थ के पड़ाव का अनुभव ..... स्वामी भाव से प्रवृत्त गृहस्थ यानि घर का स्वामी खुद का असत् और मजबूर होकर मोह वंश काल की गिरफत में है। अहम् ब्रह्म आस्मि।

अक्षर ऊँ के उद्घोष से तेज, जो स्वर ही शब्द मैं का जन्मदाता में, स्वामी भाव, अहंकार जन्म देता है।

ब्रह्म, अहंकार अग्नि से प्रकट ज्योर्तिमय प्रकाशमान होने के कारण सतोगुणी साबित होता है अथवा सतोगुण ही स्वामीभाव का जन्मदाता है।

ब्रह्म से अक्षर ऊँ परब्रह्म तेज टकराता है तो उद्घोष से अग्नि ज्योर्तिमय होकर तनमात्राओं को जन्म देती है। ये तनमात्राएं ही विद्युत की तरह उद्घोष करती है तो प्रथम शब्द ब्रह्म प्रकट होता है।

**यहीं निराकार से साकार ब्रह्म उत्पन्न होता है।**

इससे ये साबित होता है कि ब्रह्म स्वयंभू ही है। यहाँ एक और बात साबित होती है वो अक्षर ऊँ परब्रह्म साकार ब्रह्म होकर सृष्टि का सृष्टा होने का प्रमाण होता है।

इस ब्रह्म शब्द तनमात्राओं से उद्घोषणा करता हुआ, ज्योर्तिमय प्रकाशमान होकर अक्षर, अक्षर ऊँ परब्रह्म नारायण तेज के साथ, ब्रह्म अग्नि रूप में समाधिष्ट है। यहाँ ब्रह्मा के चार पाद जन्म लेते हैं।

**ये अक्षर ऊँ परब्रह्म और शब्द ब्रह्म का समावेश है।**

अब जो ब्रह्माण्ड के अनन्त आकाश में प्रकाशमान **'सूर्य नारायण'** नाम से प्रकट है इसे ब्रह्म और परब्रह्म अक्षर ऊँ नारायण तेज से समाधिष्ट है। ये नारायण इस परम्परा को संसार की हर औरत या नारी चाहे वो किसी भी धर्म, समाज, जाति अथवा देश से हो, आज भी शिव-शक्ति से प्रेरित होकर अपने नर रूप पति को स्वीकार करती है। कहने का मतलब ये है कि शिव शवित की संधि ही सृष्टि चक्कर की शुरूआत है।

आज के युग में भी माता-पिता के अलावा लड़की, औरत या नारी खुद भी शक्ति की तरह अपने वर की तलाश करते रहते हैं।

संसार में नर-मादा जितनी भी योनियाँ है। शिव-शक्ति की संधि द्वारा संचालित है।

इसलिए मैं एस. के. पारासर अपने ज्ञान और अनुभव द्वारा ऐलान करता हूँ।

सदा-शिव महादेव, सनातन पुरुष सतोगुणी ब्रह्माण्ड में जितने भी देश-प्रदेश, धर्म, जाति समाज अथवा सम्प्रदाय के लिए कल्याण और वरदान होने के साथ सृष्टि के लिए भी चक्कर सहायक साबित होते हैं।

जब सभी योनियाँ शिव-शक्ति से ब्रह्माण्ड में जन्म लेकर आती हैं और फिर मृत्यु के बाद महादेव महाकाल शिव में ही समा जाती हैं।

इसलिए ये साबित होता है। सदा-शिव सनातन पुरुष ब्रह्माण्ड में किसी एक देश, एक धर्म के नहीं बल्कि में ये सभी योनियों के लिए समान है।

कुछ विद्वानों का मत है कि शिव, विष्णु के पर्याय हैं। लेकिन यहाँ एक और शाश्वत सत्य है।

## ब्रह्म सत्य जगत मिथ्या

ब्रह्म सत्ता में शब्द विषय के कारण ज्ञान और कर्म का जन्म-के साथ परब्रह्म रूप से सूर्य नारायण प्रकट, अहम् ब्रह्म आस्मि, अर्थात् मैं ब्रह्म हूँ। ये प्रथम शब्द है। इस मैं शब्द का जन्म

अक्षर ऊँ परब्रह्म, तनमात्रा द्वारा ज्योर्तिमय प्रकाशमान होने के साथ उद्घोष और तेज से ब्रह्म प्रकट हुआ अथवा ब्रह्म शब्द प्रकट हुआ, यही एक प्रथम मैं है अन्यथा सभी नाशवान मैं है।

यही मैं से मैं तक जाने का मार्ग है। जो विषय के साथ नाशवान मैं है, वो मैं विषयों को प्राप्त होता है। ये विषय भोग ही नाशवान मैं के जन्म और मृत्यु के कारण है।

इससे साबित होता है कि ब्रह्म अनन्त है। जब ये ब्रह्म अनन्त है, तो विराटरूप विष्णु भी अनन्त है। विष्णु अनन्त है तो जो सदा शिव है, सदा होने के कारण शिव भी अनन्त है।

ये निराकार ब्रह्म से साकार ब्रह्म में–मुख्यतया तीन अनन्त रहता है। इन सत्ताओं पर यही तीन ब्रह्मा, विष्णु, शिव प्रमुख साबित हैं।

इन सत्ताओं का संचालन अक्षर ऊँ परब्रह्म नारायण द्वारा है। यही नारायण, स्वयं ब्रह्मा, विष्णु, शिव सत्ता का निराकरण करते हैं। जो इस प्रकार है।

शब्द रूप मैं अहम् परब्रह्म आस्मि, ब्रह्म को प्राप्त है। अनन्त शब्दों का अन्त ब्रह्म है। इससे साबित होता है कि ब्रह्म अनन्त है। प्रमाणित किया जाता है जैसे नाशवान शरीर का नाम या मैं शब्द ब्रह्म में रहता है अर्थात् मृत्यु शरीर यानि जीव खत्म हो जाता है, मैं शब्द या नाम ब्रह्म में रह जाता है।

इससे यही साबित होता है कि ब्रह्म सत्य, जगत मिथ्या।

## इस तरह अनन्त, ब्रह्म सत्ता का निराकरण होता है

अनन्त अंणुओं को पैदा करने वाला अथवा सभी अंणुओं का भक्षण करके विष + अंणुओं से पैदा होने वाला, विष्णु अनन्त सूक्ष्म से सूक्ष्म और बड़े से बड़े अंणुओं वाला, विराट विष्णु अपने ही अंणु या अंश से प्रकट, अनन्त योनियों में प्रकट, स्वयं ही स्वयं का भक्षण करने वाला, प्रकाशमान ब्रह्म में अमृत अन्न रूप में प्रकट, अनन्त योनियों का बीज रूप सृष्टि, प्रकृति और जीव रूप में प्रकट विराट विष्णु इस प्रणाम देता है। जैसे ये शरीर अन्न है, अन्न ही कहलाता है, फिर अन्न ही खाता है और अन्न में ही मिल जाता है, इस तरह विष्णु की विराट सत्ता में वैष्णो कहलाता हुआ विष्णु पद पाता है। अर्थात् विष्णु की विराट सत्ता में विष्णु में ही मिल जाता है। ये सब एतद् ब्रह्म में प्रकट है ऐसा विराट विष्णु अनन्त कहा जाता है।

शाश्वत सत् अनन्त आत्माओं का अंणु या अंश आत्मा का विराट रूप विष्णु है।

इस तरह विराट रूप विष्णु की अनन्त सत्ता का निराकरण होता है। शिव सदा अण्ड या पिण्ड में समाधिष्ट है। इसका प्रमाण 12 ज्योर्तिलिंग पिण्ड रूप में आज भी प्रख्यात है। इन्हें ब्रह्म में शिव लिंग भी कहते हैं। स्वयं का ज्ञान होना शिव है जल, अग्नि, हवा आदि जो पाँच तत्व से तेज और उद्घोष है। इन तत्वों का टकराना या स्पर्श होना, मन का जन्मदाता होना है। अर्थात् मन का

जन्म है। इस मन द्वारा ही स्पर्श का बोध यानि ज्ञान होता है, इस बोध से ही बुद्धि का जन्म है।

पाँच महाभूत जल, अग्नि, हवा आदि पाँच ज्ञान इन्द्रियों के जन्मदाता है और पाँच महाभूत अंणुओं से पैदा होता है। अंणु अति सूक्ष्म अव्यक्त की तरह भी होते हैं और विराट रूप विष्णु भी होते हैं। विराट ही अहंकार है। ये जड़ रूप प्रकृति का जन्म है। ये जड़ रूप प्रकृति विराट में समाई हुई है।

इस तरह सदा शिव भी अपने आत्मबोध में स्थित है। यहाँ आत्मा का बोध होने से स्वामीभाव है। कहने का मतलब है कि आत्म तत्व में स्थित शिव है। ये सदा शिव की मनोस्थिति है। मन विचलित करके आत्म तत्व या आत्मबोध से बुद्धि की ओर ज्ञानेन्द्रियों को न धकेल दे या जाने दे।

क्योंकि बुद्धि रूप नारी है जो अहंकार की ओर ले जाएगी और अहंकार की अग्नि में ज्ञान जल जाएगा। अहंकार अग्नि का रूप है। इसलिए शिव को सदा सचेत और सात्विक अण्ड या पिण्ड में समाधिष्ट रहना पड़ता है। ये सदाशिव कल्याण रूप है।

**अब सदा शिव का ब्रह्म में प्रवेश और वापस अण्ड या पिण्ड में समाधिष्ट होना**

सबसे पहले शिव स्वयंभू होकर महादेव सनातन पुरुष रूप में प्रकट हो, विराट अंधकार में काल पर विजय पाई, फिर भूत भविष्य वर्तमान काल पर विजय पाकर महाकाल बने और अब

ब्रह्म यानि ब्रह्माण्ड में रजोगुणी माया शक्ति पर विजय पाकर रजोगुण का त्याग कर दिया। इसके बाद शिव, लिंग, अण्ड या पिण्ड रूप में अन्तर मुख होकर समाधिष्ट है।

भारतवर्ष में 12 ज्योर्तिलिंग रूप में भक्तों द्वारा आज भी पूजित है।

सृष्टि के संचालन के लिए रजोगुणी माया शान्ति ने समर्पित होकर श्रद्धा भाव, प्यार-प्रेम, भक्ति की तो शिव, शंकर वर्ण भोले हो गये। जिन्हें साकार ब्रह्म में कैलाशपति भी कहा जाता है।

इस तरह निराकार ब्रह्म से साकार ब्रह्म में सदाशिव सत्ता का निराकरण अहंकार और अन्त अथवा मृत्यु से होता है। इन तीन सत्ताओं में जड़, प्रकृति अपनी-अपनी जगह ले चुकी जो इस प्रकार है।

**मन से विषय, कर्म, ज्ञान, और शब्द आदि की उद्घोषणा ही ज्योर्तिमय प्रकाशमान ब्रह्म सत्ता है। बुद्धि ही नर-नारी अथवा नर-मादा की अभेद मृत और अमृत को जन्म देने वाली अनन्य से अनन्त विराट रूप विष्णु सत्ता है। अहंकार अपने स्वयं के मन से बोध ही विचलित बुद्धि की ओर जाने से पैदा होता है। अर्थात् आत्म-बोध को भूलना ही अहंकार है। और अहंकार का अन्त करने वाली सत्ता ही शिव सत्ता है।**

अब मैं सोचता हूँ क्या इन तीनों सत्ताओं का पारदर्शी अक्षर ऊँ परब्रह्म नारायण को किस तरह समझूँ। ये मेरे लिए कोशिश की तरह ही है। जैसे-नारा अर्थात् पानी + आयन यानि आने वाला तेज, उद्घोष परब्रह्म अर्थात् ब्रह्माण्ड या ब्रह्म से ऊपर, अक्षर ऊँ यानि ओम की तन मात्रा द्वारा अव्यक्त से व्यक्त होकर पारदर्शी होता है।

इस तरह वो सर्वशक्तिमान परमात्मा स्वयं ही अपने आत्म तत्व, जड़ और चेतना का अहसास, विज्ञान आत्मा द्वारा प्रकट करता हुआ अव्यक्त परम तत्व अक्षर ऊँ परब्रह्म नारायण स्वयं का निराकरण करता है। ये एतद् यानि ऐसा है।

ब्रह्म और परब्रह्म अक्षर ऊँ नारायण ही है। इसे आप ऊँ नमोः नारायण या ऊँ तत् सत् कह सकते हैं। अब ब्रह्म ज्योर्तिमय प्रकाशमान होने के कारण, प्रकृति और जीव में सृष्टि चक्र के लिए जनन-प्रजनन, विराट विष्णु, अनन्य और अनन्त, जड़ और चेतन योनियों को जन्म देकर विश्वरूप धारण करता हुआ शिव यानि शव की तरह अण्डा और पिण्ड में समाधिष्ट होकर, सूक्ष्म विष + अंणुओं का भक्षण करता हुआ, अपने अति सूक्ष्म रूप को धारण करके 'नारायण यानि नारा + जल आयन तेज से महत्व, महतत्व में व्यक्त से, अव्यक्त अर्थात् साकार से निराकार होकर, आत्म दर्शन का अहसास दिलाकर या आत्म दर्शन करता हुआ, तत्व रहित, परम तत्व स्वयं महतत्व में अव्यक्त होकर अक्षर ऊँ परब्रह्म नारायण स्वयं का निराकरण करते हैं।

इस तरह व्यक्त से अव्यक्त, अव्यक्त से व्यक्त, सत्-असत् अंधकार से प्रकाशमान होकर, चेत-अचेत, ज्ञान-अज्ञान, मूर्त से अमूर्त, जड़-चेतन आदि का भी निराकरण होता रहता है।

अब यहाँ एक बात साबित हो जाती है कि वो अक्षर ऊँ परब्रह्म नारायण प्रकृति से अलग होकर इस ब्रह्माण्ड का योग अथवा योग में धारण किए हुए हैं।

यहाँ हमने योग और योग की ताकत को जानना होगा।

## क्या है ये योग?

कैस धारण किए हुए है वो अक्षर ऊँ परब्रह्म नारायण इस प्रकृति और ब्रह्माण्ड को, इस सवाल का समाधान या उत्तर खोजते हुए, युग बदलते जा रहे हैं। लेकिन उपनिषद् और वेदों या पुराणों से अध्ययन करके लोग अपने-अपने तथ्य देते रहते हैं।

अभी तक जितने भी विद्वान हुए हैं सभी दर्शन का ही बखान करते आए हैं।

शरीर के अंगों को उल्टा-सीधा घुमाकर दिखाना अथवा आसन लगाकर समाधिष्ट होकर, खुद को खत्म कर लेना, कहने का मतलब शरीर और दर्शन की अपनी कल्पना अथवा रचना से योग को तरह-तरह से साबित करने की कोशिश करते हैं। पुराण, उपनिषद् और वेद तीनों योग के सामने युगों-युगों से हाथ ऊपर करके एक ही नतीजे पर पहुँचे हैं। तीन बार ये कहते हुए.......।

**अनन्त-अनन्त-अनन्त यादि नेती-नेती-नेती।** अन्त में ब्रह्माण्ड या ब्रह्म के अन्दर प्रकृति में ही प्रवृत्त हो जाते हैं। इस युग में आजकल वेद व्यास द्वारा रची गई पुस्तक श्रीमद्‌भागवत का जगह-जगह प्रचार हो रहा है। पहला प्रचार सुखदेव द्वारा हुआ था। ये पुस्तक एक प्रार्थना या वंदना की तरह है। जैसे......

**अस्तोमा सद् गमय**—मुझे असत् से सत् की ओर ले चलो।

**तमसोमा ज्योर्तिगमय**—मुझे अंधकार से प्रकाश की ओर ले चलो।

**मृर्त्यामा अमृत्म गमया**—मुझे मृत्यु से अमरत्व की ओर ले चलो।

युगों-युगों से प्रकृति के परिवर्तन की ओर अवतरित कलाओं के उदाहरण श्रीमद्‌भागवत् में दिये गये हैं।

लेकिन यहाँ ब्रह्म अथवा प्रकृति में एक खास बात पैदा हो रही है।

**इस श्रीमद्‌भागवत् के एक समूह, एक धर्म, या सम्प्रदाय के लोग समझते हैं।**

**लेकिन उस सर्वशक्तिमान, अक्षर ऊँ परब्रह्म नारायण को आज के युग में अलग-अलग धर्म, अलग पुस्तक, अलग भाषा, अलग रहन-सहन, अलग-अलग सम्प्रदाय या समाज के रूप में जानने या समझने की जिज्ञासा करते हैं। सभी का अपना-अपना दावा है।**

कैसे पैदा हुए ये अलग धर्म, सम्प्रदाय और समाज, ये ध्यान देने योग्य बातें हैं।

कट्टरवाद और धर्म ग्रन्थियों ने सनातन पद्धति को भुलाकर हिन्दू, मुसलमान, ईसाई, सिक्ख, आदि धर्मों के अलावा अनेक सम्प्रदाय और समाज को रूपरेखा दे डाली। साथ ही अलग-अलग दुकान में अलग-अलग पुस्तक, बाईबल, गीता, कुरान, ग्रन्थ जैसे एक पिता की संतान अलग-अलग घर बनाकर रहते हैं। जैसे प्रकृति में अनन्त जड़-चेतना वाले जीव पैदा होकर योनियों में परिवर्तित होते रहते हैं। ठीक वैसे ही ये धर्म, सम्प्रदाय, समाज, देश भी टूटते रहते हैं और बनते रहते हैं।

लेकिन वो अक्षर ऊँ परब्रह्म नारायण ब्रह्माण्ड या ब्रह्म को अपने योग में स्थित करके एक ही भाव से एक ही है। यही शाश्वत सत् सनातन है।

बन्दर की तरह चार गुलाटी मारकर पतंजलि योग विद्या-पीठ के नाम पर दुकान चलाना योग नहीं ढोंग है। ढोंग लम्बा नहीं चलता, कभी धर्म के नाम पर, कभी राजनीति के नाम पर अथवा योग के नाम पर प्रोपेगंडा है।

**योग तो सर्वशक्तिमान, परमात्मा, अक्षर ऊँ परब्रह्म नारायण योगेश्वर की सत्ता है।**

वैसे योग में हर धर्म, सम्प्रदाय ईसाई धर्म में जीज़स, मुसलमान धर्म में हज़रत साहब, सिक्ख धर्म में गुरू ग्रंथ साहब,

हिन्दू धर्म में राम, कृष्ण अवतरित अन्य धर्मों की महान आत्माओं ने बढ़चढ़कर हिस्सा लेने की कोशिश की और अपने-अपने धर्म ग्रंथियों को विचार संदेश, उपदेश या नसीहतें बाईबल, गीता-रामायण, वेद-उपनिषद् पुराण मद्भागवत् कुरान और ग्रंथों में दे चुके। इनके अलावा कुछ और धर्म समाज आदि भी अपने तरीकों से पैदा हो रहे हैं।

लेकिन जो इस ब्रह्माण्ड की सत्ता का मालिक एक अक्षर ऊँ परब्रह्म नारायण सनातन पुरुष ही योगेश्वर है। यही शाश्वत सत्य है।

ब्रह्म या ब्रह्माण्ड को नारायण ही धारण किए हुए हैं। अन्य कोई नहीं सत् ही सनातन और सनातन ही शाश्वत सत्।

बाकी सभी धर्म सनातन की शाखाएं हैं। यही योग है और योग का मालिक है। वो एक है जो संसार में जो भी जीव, प्रकृति, तत्व आदि का आत्म भाव, से एक-एक यानि अलग-अलग करके निराकरण करते हुए एक योग में ही स्थित किए हुए हैं। अलग कुछ भी नहीं है। सभी आत्माओं का मालिक, वो एक परमात्मा है।

अब मैं उन महान आत्माओं का जिक्र करता हूँ जो हर धर्म के भगवान कहे जाते हैं उनकी योग तक पहुँचाने की कितनी कोशिश रही है। क्या वो शाश्वत सत् सनातन पुरुष अक्षर ऊँ परब्रह्म नारायण, योगेश्वर परमात्मा तक पहुंच पाये या फिर, प्रकृति में किसी एक धर्म सम्प्रदाय के उपदेशक अथवा भगवान बनकर रह गये। ब्रह्माण्ड में प्रकृति में प्रवृत्त किसी अन्य धर्म या सम्प्रदाय सत्य सनातन पुरुष के योग बिना निराकरण संभव नहीं है।

इसलिए धर्म का निराकरण भी वो परमपिता परमात्मा योगेश्वर ही करते हैं।

धर्म और अधर्म के बीच में सत् और असत् के बीच में ज्ञान और अज्ञान के बीच में, अंधकार और प्रकाश के बीच में, मृत से अमृत पैदा करने वाला, अमूर्त से मूर्त यानि अव्यक्त से व्यक्त, वो शाश्वत सत् सनातन पुरुष नारायण योगेश्वर स्वयं परमतत्व ही आत्मा और अनात्मा का योग परमात्मा है।

प्रकृति, ब्रह्म या ब्रह्माण्ड और जीव का योग परमात्मा है। अगर कर्म धर्म के साथ किया जाए तो अर्थ का योग परमात्मा है।

## यहाँ तो मोक्ष योग है

फिर तो ब्रह्माण्ड और प्रकृति से निकलकर उस अक्षर ऊँ परब्रह्म नारायण, सत् सनातन पुरुष जो शाश्वत सत्य योगेश्वर परमात्मा तक जाने का मार्ग सम्भव है।

लेकिन ब्रह्म और प्रकृति में जीव का पार पाने का मतलब परमपद है। परमपद ही योग है।

लेकिन किन जीवों के लिए है परमपद। योग के मायने ही परमपद है। ये कैसे संभव है। ये एक कोशिश परमपद यानि योग के लिए इस प्रकार की जा रही है।

परमात्मा ने प्रकृति को योग सूत्र में बांधकर असंख्य गुण दिये, ये सभी गुण जड़ रूप होने के कारण परिवर्तनशील तो है साथ में प्रगति वाले भी हैं। योग सूत्र में बंधी हुई प्रकृति अपने ही

अनन्त गुणों का इस्तेमाल नहीं कर सकती क्योंकि ब्रह्माण्ड या ब्रह्म विषय की प्रकृति में जो गुण और तत्व हैं सभी जड़ रूप हैं।

ये प्रकृति के तत्व और गुण जीव के लिए दिये गए हैं और सभी जीवों में श्रेष्ठ जीव मनुष्य है। मनुष्यों में श्रेष्ठ ज्ञानी है। तपस्वी है।

ज्ञानी और तपस्वियों में श्रेष्ठ ............

तत्व ज्ञानी

आत्म ज्ञानी

ब्रह्म ज्ञानी

परम ज्ञानी श्रेष्ठ है।

ऐसा तपस्वी और ज्ञानी, तत्व ज्ञान, आत्म ज्ञान, ब्रह्म ज्ञान, परम तत्व ज्ञान के अलावा प्रकृति के असंख्य गुणों और तत्व से भी वाकफ हैं।

वो ऐसी ज्ञानी प्रकृति में पैदा होकर भी प्रकृति से महान है। इसी का नाम परमपद या योग है। ऐसा होता है योग या परम् पद का एकचित होना योग ब्रह्म विषय और प्रकृति के गुणों से विरक्त होकर है।

ज्ञान, तप, तत्व ज्ञान, आत्म ज्ञान, ब्रहा ज्ञान और परम ज्ञान की अनुभूति करता हुआ योगी उस अक्षर ऊँ परब्रह्म नारायण योगेश्वर शाश्वत सत् सनातन पुरुष परमात्मा के परमधाम, मात्र परमधाम ही एक धाम में पहुँचकर परमपद का योग भगवान का घर है।

## A House of God

इस भगवान के घर में ये जो विराट प्रकृति है। इसे ब्रह्म दर्शाता है। मन प्रकृति के गुणों का ब्रह्म विषय बन कर संकल्प करवाता है। विषयों का संकल्प हो जाने के बाद जीव फंसता चला जाता है। जीव एक बार प्रकृति के गुणों का संकल्प हो जाने के बाद फिर मन के पास कोई विकल्प नहीं रहता। प्रकृति के गुण और ब्रह्म विषय जीव को जन्म-मृत्यु के सृष्टि चक्र में फंसाकर रखते हैं। जीव जनन-प्रजनन का हिस्सा बनकर प्रकृति और ब्रह्म में योनियों के चक्र लगाते रहते हैं। ऐसे ब्रह्म सत्ता कायम रहती है। इस ब्रह्म सत्ता में अनन्त योनियों के चक्कर लगाने के बाद कर्म, धर्म, अर्थ का ज्ञान प्राप्त करके मनुष्य शरीर को प्राप्त कर पाता है।

मनुष्य शरीर के बाद ही कर्म, धर्म, ज्ञान और अर्थ के बाद अनुभव और अनुमान तक पहुंचाता है। मनुष्य शरीर के माध्यम से ही आत्मबोध यानि आत्मा के ज्ञान का अमृत चख सकता है।

मनुष्य के शरीर के बाद ही कर्म धर्म के साथ करता हुआ अर्थ मोक्ष को प्राप्त हो जाता है। मोक्ष ही योग है। इस तरह शरीर मोक्ष का माध्यम है। मनुष्य का शरीर भौतक निर्माण की तरह नाशवान है। यहाँ साबित होता है नाशवान ही विकास का कारण है।

## ब्रह्म सत्य जगत मिथ्या

अब सवाल ये पैदा हो जाता है कि इस नाशवान शरीर से विकास करने वाला इस विराट सत्ता का स्वामी कैसा है, कौन है। ये जिज्ञासा होती है कि मैं उस विराट को जानूँ।

इस सवाल का जवाब शरीर के माध्यम यानि मनुष्य शरीर के माध्यम से ही जाना जा सकता है।

## यहाँ शरीर नाशवान है और शरीर विकास

इस विराट सत्ता का स्वामी इस तरह इस खेल को खेलता है। क्योंकि वे दोनों सत्ता में रहते हैं। यानि नाशवान में भी और विकास में भी रहता है। इसका मतलब ये हुआ कि इस विराट सत्ता का स्वामी मरकर भी नहीं मरता, वो अजर-अमर शाश्वत सत् है। कैसे अलग-अलग जीवों में एक-एक होकर अनन्त विराट है। वो इस तरह है।

जैसे ब्रह्म से मुक्त होकर अनाम्य है। जैसे अंधकार से ज्योर्तिमय प्रकाशमान होकर विराट अनन्त रूप और नाम या शब्द से पुकारा जाने वाला ब्रह्म से ऊपर यानि परब्रह्म है।

जैसे ऊँ की तनमात्राओं से, ब्रह्म को शब्द से प्रकट करने वाला अक्षर ऊँ है।

जैसे विराट अक्षर ऊँ के उद्घोष व्यक्त होकर अव्यक्त हो जाता है। जैसे मृत से अमृत हो जाता है। ठीक ऐसे अनन्त योनियों से नाशवान शरीर उत्पन्न करता हुआ विराट अनन्त शरीर और बीज अर्थात जड़-चेतन से प्रकृति गें विकास करता है। ...... वो स्वयंभू विष + अंणु विष के अंणुओं को पैदा करता है और फिर स्वयं उन अंणुओं का विनाश करके भक्षण करके विष + अंणु विष्णु विराट बनता है। इसलिए वो विष्णु एतद् ऐसा है। निराट है। ठीक वैसा

जैसे.... ये शरीर अन्न है, इसमें लाखों कीटाणु अथवा अंणु है। संतान पैदा होने के कारण अनन्य हो जाता है। जैसे एक बीज से अन्नय बीज पैदा होते हैं।

इसलिए ये अन्न ही खाता है और अन्न ही कहलाता है और विष्णु की विराट सत्ता में वैष्णो कहलाता हुआ, विष्णु पद पाता है। ये प्रकृति में प्रमाण है कि विनाश, विकास का जन्मदाता है।

इससे साबित होता है विष्णु विराट होने के कारण नाशवान और विकास दोनों में है अर्थात् अनन्त जन्म देने वाला है।

अब जो नाशवान महाकाल हुआ, सदा शिव कल्याण रूप विकास वाला, महादेव शंकर शरीर वाला है। शव की तरह समाधिष्ट होकर सृष्टि पर दृष्टि रखने वाला **ये सदा शिव विराट विष्णु का पर्याय हुआ।**

जैसे नाशवान से जन्म लेकर विकास रूप विराट विष्णु ठीक वैसे नाशवान को खत्म करने से महाकाल कल्याण करके विकास करने से सदाशिव महादेव शंकर शरीर वाला है।

यहाँ स्वामी भाव के कारण दोनों शिव और विष्णु में अन्तर पैदा होता है। जैसे सदा शिव स्वयंभू प्रथम सनातन पुरुष महादेव शंकर वाला है। प्रकृति में प्रवृत्त और निरवृत विष्णु अजन्मा होकर जन्म देने वाला और जन्म लेकर अवतरित अंभूः प्रकृति में प्रवृत और निरवृत होने में अन्तर हुआ।

सदाशिव - स्वयंभू है

विराट विष्णु - अभुः है।

सदा शिव गुणों से प्रकृति में प्रवृत्त स्वयंभू है। विष्णु विराट होने के कारण गुण रहित प्रकृति में प्रवृत्त और निरवृत अभुः तत्व रहित है।

अब यहाँ अभुः विराट विष्णु और स्वयंभू सदाशिव के साथ प्रकृति और जीव सब अंधकार में होने के कारण ब्रह्म शब्द अक्षर ऊँ की तीन तनमात्राओ द्वारा ज्योर्तिमय प्रकाशमान होकर उद्घोषणा करता हुआ प्रकट होने के कारण दर्शाता है। इसलिए अभुः विराष्ट विष्णु, सदाशिव, स्वयंभू अर्थात् प्रकृति और जीव ये सभी ज्योर्तिमय प्रकाशमान ब्रह्म आदि....यानि ब्रह्म विष्णु शिव के तीनों भी अक्षर ऊँ परब्रह्म नारायण योगेश्वर सनातन, पुरुष परमात्मा का परम धाम ही **एक धाम** है।

इस एक धाम यानि **भगवान के घर** से प्रकट होते हैं। यही शाश्वत सत् है।

अब त्रिशक्ति यानि ब्रह्मा, विष्णु, शिव में स्वामी भाव होते हुए मुख्य ..... ब्रह्म और परब्रह्म है।

यहाँ अक्षर ऊँ परब्रह्म–ब्रह्म में अपनी तनमात्राओ से प्रकृति के गुणों और शब्द, स्पर्श, रूप, रस, गन्ध द्वारा जीव यानि देव, दत, सत्य, काम, पुरुष को ब्रह्म विषय घेर लेते हैं।

अब यहाँ एक सवाल पैदा हो जाता है त्रिगुणी प्रकृति के ऊपर स्वामी भाव में बैठे ब्रह्मा, विष्णु, शिव में से प्रथम देव, दत, सत्य, काम, पुरुष कौन बनेगा।

इस सवाल में व्यक्त सत्ता का स्वामी नाशवान विराट प्रकृति और जीव में विकास को जन्म देना चाहता है। ये एक भौतिक निर्माण की तरह है। **अब नाशवान में विकास के लिए देव, दत, सत्य, काम पुरुष का जन्म।**

> **यहाँ ब्रह्म यानि ब्रह्म ज्योर्तिमय प्रकाशमान होकर समाधिष्ट है। विष्णु विराट प्रकृति और जीव को योग में धारण करके समाधिष्ट है। शिव अण्ड और पिण्ड में ज्ञानेन्द्र होकर समाधिष्ट है।**

इस विराट नाशवान प्रकृति में जो प्रथम देव, दत, सत्य, काम पुरुष है वही महादेव बनता है। यहीं अण्ड और पिण्ड रूप में समाधिष्ट सदा शिव है।

ये महादेव, इस नाशवान विराट प्रकृति के गुणों और ब्रह्म विषयों में घिरा हुआ, अनन्त नाशवान शरीर में विभाजित होता रहता है। ये सब शरीर प्रकृति के गुणों में विभाजित होते रहते हैं। इस तरह प्रकृति रजोगुण, तमोगुण और सतोगुण में जीव अथवा शरीर जिसमें, देव, दत, सत्य, काम पुरुष को विभीजित करके बरत लेती हैं। जीव यानि शरीर प्रकृति से पार नहीं हो पाता। जीव प्रकृति और ब्रह्म विषयों में ही कैद होकर रह जाता है।

प्रकृति और ब्रह्म विषय जीव को आत्म बोध से ध्यान हटाकर अपनी ओर खींच लेते हैं। जीव सृष्टि चक्र में फंसकर अनन्त योनियों में प्रवृत्त होता रहता है।

इस प्रकृति के विराट व्यवभाव से फंसे महादेव रजोगुण की शक्ति माया के प्रभाव से आत्मभाव को भूल कर देव दत, सत् काम से भी विरक्त होने जा रहे थे अर्थात् ब्रह्म विषयों और प्रकृति के गुण माया शक्ति और रजोगणु रूद्राणी महादेव को अपने चंकुल में फंसा रहे थे। तभी महादेवी अपने रौद्र रूप में प्रकट होकर तांडव करने लगी जिसके कारण अंधकार में छुपा काल, भूत, भविष्य, वर्तमान काल और प्रकृति भी कांप उठी क्योंकि महादेव रौद्र और तांडव के कारण महाकाल रूप धारण करके रजोगुणी माया शक्ति को (108) एक सौ आठ जन्मों तक मारते रहे ।

अन्तता महाकाल, महामानव से महादेव रूप में जाने के बाद रजोगुण और ब्रह्म विषय त्याग कर दिया, तो ब्रह्म जी प्रकट हुए।

महादेव ने प्रकट होकर ब्रह्म से निवेदन किया कि मैं इन (11) ग्यारह रूद्रों का भी त्याग करता हूँ।

तब ब्रह्म जी बोले हे महादेव ये जो (11) रूद्र प्रकट हुए हैं इनके और दस दिशाओं के दर्शन सर्वप्रथम आपने किये हैं। इसलिए ये मानव योनि जिन ग्यारह रूद्रों को लेकर ब्रह्माण्ड अथवा प्रकृति में पैदा हुई है। सभी मानव योनि अपने रूद्रों को आपके महाकाल रौद्र रूप को भेंट करेगी। अन्य योनियाँ भी आपको प्राप्त होंगी। इसमें रजोगुणी माया शक्ति भी आपकी पूजा करेगी। सृष्टि चक्र के लिए शिव-शक्ति कल्याण और वरदान साबित होगी।

ब्रह्म जी इस वरदान की आकाशवाणी देते हुए अन्तर ध्यान हो गये। लेकिन प्रकृति का रजोगुण और माया शक्ति रूद्राणी का

क्रोध त्याग करके आत्मभाव को जागृत किया। इसके बाद महादेव ने कर्म इन्द्रियों को ब्रह्म विषयों का त्याग करते हुए अन्तर्मुख करके, ज्ञानेन्द्रियाँ आत्मभाव में लगाकर मन को संकल्प द्वारा अण्ड और पिण्ड रूप में शिव सदा के लिए समाधिष्ट हो गये।

इस महादेव महामानव प्रथम सत्य सनातन पुरुष से प्रकृति अपने गुणों में परिवर्तन करके सृष्टि चलाने में कामयाब होकर मानव के अतिरिक्त और योनियों के जनन और प्रजनन करके सृष्टि चक्र को चलाने में सहायक साबित हुई लेकिन महादेव को हासिल नहीं कर पाई। ये प्रकृति के रजोगुण माया शक्ति रूद्राणी की हार हुई। इस समस्या का समाधान खोजने के लिए माया शक्ति, शिव जो **अण्ड और पिण्ड में समाधिष्ट है जिसे लोग शिवलिंग कहते हैं** फिर आत्मभाव से दृष्टि को सृष्टि पर सचेत अवस्था में खुला छोड़ दिया। ठीक वैसे ही जैसे विष्णु विशेष होने के कारण अभूः रूप में दृष्टि शेष नाग पर विराजमान है। ये सचेत विष्णु की योग माया दृष्टि शेष के पास है। जो विशेष रूप में खुली रहती है।

इसलिए विष्णु अभूः अजन्मा, अनामय, योग मुद्रा में शेष पर विशेष रूप में विराजमान होकर ब्रह्म से परे विराट विश्व रूप पर दृष्टि रखे हुए है। शेष की विशेष के लिए दृष्टि खुली रहती है।

अब अभूः शेषनाग के ऊपर विराजमान विष्णु रूप में है। स्वयंभूः अण्ड और पिण्ड समाधिष्ट होने के कारण विशेष दृष्टि का प्रतीक नाम  नागरूप शिवलिंग के इर्द-गिर्द रहता है।

ये नाग सोता भी है तो आंखें खुली रहती हैं। अर्थात् आंखें खोलकर सोता है।

## ये सचेत भक्ति का प्रतीक है

इसलिए हिन्दू धर्म के लोग नाग पूजा में आस्था रखते हैं और विशेष पर्व नाग पंचमी के रूप में मनाते हैं। नाग को देव समझकर मुख्य ध्यान देकर पित्र पक्ष का प्रतीक भी माना जाता है। पूजा विधान के पित्रों को पूजा स्थल देने के लिए नाग और नागन के जोड़े को आसान देकर रखा जाता है। पित्र पक्ष आने वाली पीढ़ी को सचेत रखता है जिससे सभ्यता, संस्कृति और संस्कार परिवार और समाज में कायम रहते हैं।

हाँ अगर परिवार और समाज अपनी-अपनी संस्कृति सभ्यता और संस्कारों से गिरते हैं तो पित्र पक्ष के जो मुख्य गण होते हैं। वे नाग की तरह फुंकार से डराकर सावधान करते हैं। वे हमेशा कुल की बढ़ोतरी चाहते हैं। अगर कुल या वंश के लोग संस्कारों से गिर जाए तो फिर पित्र पक्ष भी नाग की तरह घातक होकर वंश को खत्म करना शुरू कर देते हैं।

यहाँ भी साबित होता है नाग सचेत भक्ति का प्रतीक है।

इसलिए ज्यादा कुछ न लिखते हुए ये साबित हुआ कि विष्णु + अंणु विशेष है तो शेषनाग सचेत होने का प्रतीक है। जो शेष पर निशेष विराजमान है। वह अभूः है।

ये योग्य और भोक्ता के बीच में है सचेत होकर रहता है।

यहाँ शिव स्वयंभू होने के कारण है। ये अंड और पिण्ड से अक्षर ऊँ परब्रह्म के उद्घोष से जो ब्रह्म शब्द प्रकट होता है। मन के संकल्प विकल्प की सीमा भूल गये। जिसके कारण आत्मबोध टूट गया। आत्मबोध टूटने से ब्रह्म के उद्घोष में प्रवृत्त हो गये। ब्रह्म तेज (अग्नि) और उद्घोष का बोध शिव को अण्ड और पिण्ड से बाहर लाने में सक्षम साबित हुआ। फिर ऊँ परब्रह्म की तनमात्राओ (शब्द स्पर्श, रूप रस गन्ध) से प्रकट ब्रह्म सत्ता में इस प्रथम पुरुष महादेव का जन्म हुआ। अर्थात् महादेव स्वयंभू रूप में प्रकट गुण हुआ)

अब ब्रह्म में प्रवेश होते ही अनन्त ब्रह्म विषयों के साथ प्रकृति के गुणों में ये महादेव घिर गया। क्योंकि प्रकृति बुद्धि रूप नारी है। इसलिए महादेव ब्रह्म तत्व से विरक्त हो गये। अब महादेव बुद्धि रूप नारी की कैद यानि रजोगुण, तमोगण और सतोगुण में प्रवृत्त होकर रजोगुणी माया शक्ति के साथ जनन प्रजनन आदि से सृष्टि चक्र में संलग्न हो गये। जिससे अनन्त योनियों का जन्म होता रहा। इन योनियों के प्रभाव से सृष्टि पर प्रभाव पड़ने लगा। क्योंकि सृष्टि में विकराल जहर वाली ज्यादा योनियाँ यानि जीव पैदा हो गये।

इस जहरीली सृष्टि के लिए ब्रह्म ने महादेव को बन्द करने का आदेश दिया। तो महादेव ने ब्रह्म जी से कहा कि ये मेरी देह यानि शरीर क्यों बनाया।

इस पर ब्रह्म जी ने ये सृष्टि महादेव को देते हुए आदेश दिया कि ये ग्यारह रूद्र और ग्यारह रूद्राणी मैं तुम्हें देता हूँ और अब तुम वापस समाधिष्ट शिव सदा के लिए सृष्टि द्वारा पूजित रहोगे। इतना आदेश देकर ब्रह्म जी अन्तर ध्यान हो गये। इसके कारण

सभी योनियाँ शव होकर शिव को प्राप्त होती हैं। ब्रह्म जी की आज्ञा के बाद महादेव अपने आत्मबोध में समाधिष्ट होने जा रहे थे तो रजोगुणी माया शक्ति ने महादेव को प्रकृति से न जाने को कहा तो महादेव ने रजोगुणी माया शक्ति की नहीं सुनी, जिसके कारण आपस में विरोध हुआ।

इस विरोध के कारण रजोगुणी माया शक्ति का महादेव ने त्याग कर दिया।

इस पर रजोगुणी माया शक्ति रूद्राणी रूप में आकर महादेव का मार्ग रोकने लगी।

तब महादेव भी अपना रूप यानि रौद्र रूप धारण करके महाकाल रूप में प्रकट हुए। इसके बाद रजोगुणी माया शक्ति बार-बार महाकाल के सामने अनेक रूप और जन्म लेकर आती रही जिसके कारण महाकाल का रौद्र रूप तांडव चलता रहा जिसमें माया शक्ति के हर जन्म और रूप को मारते रहे। इस तरह माया शक्ति रूप में जो रजोगुण था खत्म अथवा शान्त हुआ लेकिन महाकाल का रौद्र रूप तांडव शांत नहीं हुआ। इस तांडव के कारण ब्रह्म लोक दहल गया तो ब्रह्म जी ने आकाशवाणी की–हे महादेव इस महाकाल रौद्र रूप तांडव को बंद कीजिए अब ये प्रकृति के विनाश का कारण बन चुका, जिस सृष्टि चक्र को चलाने के लिए आपको देव, दत, सत् काम रूप ये महादेव शरीर मिला था वही सृष्टि चक्र महाकाल तांडव से खत्म होने जा रहा है। इसलिए अब आप आत्मबोध को प्राप्त करो। इसी से शिव कल्याण रूप साबित होंगे।

इस ब्रह्म आकाशवाणी को सुनकर महाकाल ने रौद्र रूप तांडव बन्द कर, प्रकृति के रजोगुण को त्याग दिया। और इस रौद्र

रूप तांडव की क्रोध अग्नि के साथ महादेव आत्म भाव में प्रवृत्त होकर पिण्ड से अण्ड रूप में शिव सदा के लिए समा गये। इसलिए शिव सदाशिव कहे जाते हैं।

इस तरह सदा शिव को अण्ड और पिण्ड रूप में रजोगुणी माया शक्ति रूद्राणी ने देखा तो–ब्रह्म देव से प्रार्थना की। हे ब्रह्म मैं महादेव के बिना नहीं रह सकती। कृपया मुझे महादेव से मिलने का उपाय बतायें ब्रह्म जी ने माया शक्ति रूद्राणी से कहा शिव शक्ति से अलग नहीं है। जहाँ भी शिव अण्ड और पिण्ड रूप में प्रकट होंगे शक्ति भी सदा के लिए शिव के साथ होगी। मेरा यही कथन भविष्य में सत्य साबित होगा। ज्यों-ज्यों महादेव का क्रोध शान्त होगा शक्ति का मिलन भी होता रहेगा। इसके बाद ब्रह्म जी अन्तर ध्यान हो गये।

अब यहाँ से रजोगुणी माया शक्ति रूद्राणी ने इस अण्ड और पिण्ड रूप शिव समाधिष्ट है जिसे शिवलिंग कहते हैं। महादेव की क्रोध अग्नि को शान्त करने के लिए फूल, फल, पत्तों और जल के अलावा पंचामृत आदि से पूजा करनी शुरू कर दी। ये पूजा जन्म-जन्मान्तर तक करती रहीं।

ये शिवलिंग पर जल आदि की परम्परा आज भी कायम है।

इस शिवलिंग में देव, दत, सत्य काम पुरुष नाम का एक महामानव, महादेव, महाकाल, सदा शिव रूप में विराजमान है। जो स्वयंभू भी है यानि किसी के आधीन नहीं है।

सचेत होकर सृष्टि के नियम अनुसार शिव सदा कल्याण स्वरूप में समाधिष्ट है।

यहाँ एक सवाल पैदा होता है। ये भोग्य और भोक्ता या ब्रह्म और परब्रह्म के अधीन है।

अब शिव में दो प्रवृत्ति यानि प्रकृति के दो गुण हैं। सतोगुण और तमोगुण तीसरे रजोगुण को क्रोध के कारण त्याग दिया।

यहाँ समझा जाए तो 'क्रोध' अग्नि से प्रकट है। जो बुद्धिरूप नारी के गुणों, यानि प्रकृति के गुण रजोगुण की ओर ले जाता है। जीव यानि देव, दत, सत् काम पुरुष भोक्ता ही योग्य बन जाता है।

उस अक्षर ऊँ परब्रह्म के तेज और उद्घोष के कारण अण्ड और पिण्ड में मन द्वारा विकल्प मिला तो जीव यानि देव, दत, सत्य नामक पुरुष, अण्ड और पिण्ड से निकलकर विराट प्राकृतिक गुण और ब्रह्म विषयों में आकर फंस गया। इसलिए शिव, विराट प्रकृति के गुणों और ब्रह्म विषयों में फंस कर स्वयंभू बनकर रह गये। इस तरह ब्रह्माण्ड में प्रथम देव, दत, सत्य, काम पुरुष नामक शरीर महामानव, महादेव प्रकट हुए।

अब बौद्धिक स्तर देखा जाये तो महादेव की बुद्धि प्रकृति के गुणों और ब्रह्म विषयों में जाने के कारण आत्म तत्व से विरक्त होती जा रही है।

यहाँ महादेव से सत्वगुण छूट रहा है। प्रकृति के गुणों और ब्रह्म विषयों के आकर्षण के कारण और तामसिक बुद्धि होने के कारण तमोगुण अवस्था में है।

अब महादेव की दृष्टि और बुद्धि विराट प्रकृति और ब्रहा सत्ता पर है। यहाँ अनन्त गुण और विषयों का प्रभाव रजोगुणी होने का। आकर्षण पैदा कर रहे हैं। यही आर्कषण महादेव में स्वामी भाव प्रकट कर चुका। स्वामी भाव में बुद्धि रजोगुणी माया शक्ति रूद्राणी नारी भी जागृत होकर प्रकट हुई।

इन दोनों में स्वामीभाव के कारण टकराव हुआ ये महादेव के रूद्र और माया शक्ति रूद्राणी से रूद्री प्रकट होकर मिलने से सृष्टि चक्र की रचना हुई। सृष्टि के जीव इन्हीं ग्यारह रूद्र और रूद्री विभूतियां हैं जो अनन्त योनियों के रूप में विकसित है।

अब विष्णु विराट होने के कारण तत्व रहित अजन्मा अनाम्य अभुः अथवा हम इसे एतद् जो सभी ब्रह्माण्ड में दिखाई देता है। ऐसा है जो प्रकृति के गुणों और कर्म आदि से पहले भी और बाद भी विराट ब्रह्म में प्रकट होने के कारण बीच में भी अर्थात् विष्णु सब में ओत-प्रोत या सब विराट विष्णु में ओत-प्रोत है। अब तत्व और अंणुओं से बनता है या बनाता है। ये एतद् है। विष्णु सत्ता असीम है अर्थात् कोई सीमा नहीं। शिव स्वयंभू होने के कारण-भूपति भूःलोक में आधिपत्य बनाए हुए हैं।

अब यहाँ आकर स्वयंभू सदाशिव कल्याण का प्रतीत साबित होते हैं और शंकर देव, दत, सत्य, काम नामक पुरुष शरीर। आज भी आह पहले भी कई युगों से इस शरीर को तरसते हैं और जैसा साबित करने के लिए त्याग, तपस्या करते हुए संन्यासी योगी, ज्ञानी अपने-अपने अनुभव और अनुमान में शरीर से शरीर को शंकर बनाने के लिए जन्म-जन्मातरों तक तपस्या में लगे रहते हैं। अब सवाल ये है कि क्या यहाँ इस योगी, संन्यासियों को त्याग और तपस्या से देव, दत, सत्य, काम नामक पुरुष शंकर शरीर बन सकता है। जी नहीं, ये जवाब है।

क्योंकि इस कल्प के शंकर नामक शरीर 'सदाशिव' ही हैं जो चारों युगों में लगातार पूज्यनीय है।

अगर सृष्टि में भगवान भी अवतसर ले तो लक्ष्य को पूरा करने के लिए, शिव शंकर महादेव की आज्ञा लेने के लिए, पूजा

करते हैं। उदाहरण के लिए राम ने रामेश्वर की, कृष्ण ने पांडवों के साथ कुरुक्षेत्र में फिर साधारण संन्यासी, योगी, तपस्वी, कैसे पार पा सकते हैं।

क्योंकि इस कल्प के ईश्वर यादि 'कल्पेश्वर' सदाशिव महादेव शंकर ही हैं।

अब यहाँ आकर सोचा जाए तो? अगर आप एक भगवान जो अवतार धारण करके पुरुष का शरीर लेकर आता है, तो वो भी नाशवान शरीर है यानि मरने वाला या खत्म होने वाला है, ये सृष्टि के कर्म चक्र की शर्त है, जो जन्म लेता है, वो मृत्यु को भी प्राप्त होता है, लेकिन ये महाकाल, शंकर, सदा क्यों शिवस्वरूप रहता है।

## क्योंकि ये भोग्य और भोक्ता दोनों है

अभी तक जो भगवानों के विषय में जिज्ञासा थी कि ये भगवान कहाँ से आते हैं अर्थात् कैसे बनते हैं। ये एक भौतिक निर्माण की तरह है।

कहने का मतलब ये है कि शुद्ध शरीर ही सिद्ध हो सकता है। अशुद्ध शरीर तो मृत्यु को ही प्राप्त होता है।

सवाल पैदा होता है।

भोग्य और भोक्ता है ही शरीर का जन्मदाता और मृत्यु देने वाला है।

अब ये शिव सदा समाधिष्ट है क्या भोग्य और भोक्ता के बीच जो देव, दत, सत् काम नामक पुरुष, शरीर के लिए सदा शिव बने रहने की शर्त है।

**जी हाँ ये एक शर्त साबित होती है।**

इस शर्त को रखने वाला है कौन?

इसके लिए शिव के सभी रूपों और नामों को समझना होगा। शिव के मुख्य नाम और रूप के अहमईत दी जाती है, विभूतियों को नहीं।

ये शिव के शुद्ध शरीर की परीक्षा और शर्त है। इसमें शिव महामानव, महादेव, महाकाल और सदाशिव आदि क्यों न हो, ये नाम और रूपों की संज्ञा विराट के सत्ता के स्वामी भगवान विष्णु के आधीन रहती है।

## विराट सत्ता अंधकार में है

अब अंधकार का कोई भविष्य नहीं है अर्थात् काल ने तीनों, काल भूत, भविष्य, वर्तमान काल को भी अपनी गिरफ्त में ले रखा है।

यहाँ शिव का महाकाल रूप भी अंधकार में आत्म रक्षा के लिए मृत्यु का सामना कर रहा है। विराट सत्ता का स्वामी विष्णु महाकाल को शिव स्वरूप होने की आज्ञा दे रहा है। ये विष्णु विराट सत्ता में शिव को अति प्रिय मानता है। इसलिए महाकाल अंधकार में मृत्यु के भय से शिवस्वरूप समाधिष्ट होकर विराट विष्णु के **दिल के करीब है।**

विराट रूप विष्णु की प्रार्थना परब्रह्म, ब्रह्माण्ड या ब्रह्म को जाती है।

यहाँ ऐसा प्रतीत होता है जैसे परब्रह्म या ब्रह्म के बिना योगेश्वर विराट विष्णु का योग अधूरा है।

**ये योग का अन्तिम प्रशिक्षण है अर्थात् ये योग्य है। संज्ञा का ज्ञान नहीं है।**

**नोट**–ये एक लेखक होने के नाते इस साढ़े सात साल की तपस्या का अनुभव या अनुमान है कि योग को पूरा करने वाले को क्या संज्ञा दे।

ब्रह्म या ब्रह्माण्ड से परे परब्रह्म है।

परब्रह्म से ब्रह्म को जोड़ने वाली कड़ी नारायण है। **नारा अर्थात् पानी** ये एक महान तत्व ही नारा + तेज जो नारा तेज बनकर अग्निरूप धारण करता है। ये तेज ही नारा से निकलने के लिए हवा के आगे अग्नि बनकर निकलता है।

**ये अग्नि ही भोग्य और भोक्ता का रूप है।** अब यहाँ विराट विष्णु का योग नारायण की संज्ञा का इंतजार कर रहा है। ये जब तक चल रहा है। जब तक नारायण की योग माया शक्ति अंधकार का विनाश नहीं करती, अब ब्रह्म और परब्रह्म के बीच नारायण ही है।

**नोट**–वैसे तो कुछ ज्ञानी अनन्त-अनन्त बोल धर्म और धैर्य दोनों खो देते हैं। और जो भी त्याग, तपस्या, भक्ति आदि करते हैं वो सब सृष्टि चक्र में पिसकर योनियों ही प्राप्त होते रहते हैं।

त्याग, तपस्या, भक्ति और धर्म-कर्म आदि जो भी है ये सब देव, दत, सत्य काम नामक शरीर द्वारा ही किये जाते हैं। अब ये शरीर जो कर सकता है भी सब भोग्य और भोक्ता के बीच की चीज है। जड़ रूप प्रकृति पर चेतना से चलने फिरने वाली चीज शरीर रूप चलने फिरने वाली मशीन की तरह है।

अब जो (84) चौरासी लाख योनियों में जो जितनी अच्छी मशीन या शरीर है उसको प्रकृति ने वैसा ही स्थान दिया है। श्रेष्ठ शरीर या मशीन मनुष्य ही है। जब प्रकृति के द्वारा दिये गये दायरे से बाहर जाने की हिम्मत करती है या चेतना शक्ति द्वारा ऊपर जाने की कोशिश करती है जो भोग्य और भोक्ता का स्वामी भूख और प्यास अग्नि रूप होकर शरीर नाम की मशीन को जलाने लगता है तो आत्मा भी शरीर से भागने लगता है।

क्योंकि शरीर ही भोग्य है और शरीर ही भोक्ता तत्व रूप प्रकृति भी जड़ रूप शरीर की तरह है जो विराट का हिस्सा है। चेतना शक्ति से चलने वाला शरीर देव, दत, सत, काम द्वारा प्रमाणित है।

इस तरह भोग्य और भोक्ता दोनों अग्नि से संचालित हैं।

अब जो अग्नि तत्व से अलग वायु प्राण है और प्राण जो हवा या वायु तत्व है इन दोनों तत्व के साथ आत्मा रहती है। तेज से अग्नि, हवा पानी ये दो तत्व निकलते हैं।

प्रकृति के गुण और ब्रह्म विषय की अग्नि से वासना या कर्म जो पैदा होता है आत्मा भोग्य और भोक्ता का साथ वहाँ तक देता है। जहाँ शरीर जाना चाहता है।

आत्मा संज्ञा तो लेता है लेकिन प्रत्यक्ष प्रमाणित नहीं हो पाता।

**यही आत्मा** 'परमात्मा' तक जोड़ने वाली कड़ी है जिसे ज्ञानी, ध्यानी तपस्वी योगी, जन्म-जन्मातर तक शरीर को तपाते रहते हैं। ताकि पवित्र शरीर पैदा हो सके।

**नोट**–यहाँ आकर सवाल पैदा होता है कि पवित्र शरीर कैसे पैदा होता है और **कैसा होगा वो पवित्र शरीर।** पवित्रता और शुद्ध दोनों मिलकर सिद्ध करते हैं। अपने आप में यानि शरीर में पवित्रता आना, शुद्ध हो जाना फिर सिद्ध होना और दूसरे सिद्ध और सिद्धियाँ परिचित होकर प्रमाणित होकर गुजरना ही शुद्ध की पहचान है जो पवित्र होकर शुद्ध और सिद्ध हो गया।

अब जो शुद्ध है, पवित्र है, सिद्ध हो चुका हो, तो अजर और अमर है, यही वो तत्व जो अधिदेव ज्ञान से भी ऊपर ले जाने से सक्षम है। आध्यात्म की तो बात क्या करें। **इस तत्व के दर्शन दुर्लभ हैं।**

क्योंकि ज्ञान और प्रत्यक्ष प्रमाण में बहुत बड़ा अन्तर है। ये फैसला एक सिद्ध पुरुष ही दूर कर सकता है यानि शुद्ध और सिद्ध शरीर....? जो अपने आप में प्रत्यक्ष प्रमाणित है। जो तप और ज्ञान का प्रतीक है।

तप और ज्ञान का मुख्य एक ही स्थान है, इस स्थान पर तप और ज्ञान एक पवित्र, शुद्ध और सिद्ध शरीर की घोषणा करते हैं।

यही वो सिद्ध स्थान है जिसकी मृत लोक के आध्यात्मिक लोग पूजा करते हैं और करना भी चाहते हैं। ऐसे पवित्र शुद्ध शरीर वाले सिद्ध पुरुष को जब तक माना जाता है। जब तक शुद्ध सिद्ध शरीर रहता है।

शरीर में बुद्धि नारी की तरह शुद्ध शरीर के पीछे लगी रहती है। ज्यों ही शुद्ध शरीर में बौद्धिक स्तर पर चला या बुद्धि से काम लिया। तो बुद्धि ऐसे सब कुछ शरीर से छीनना शुरू कर देती जैसे एक पत्नी रूप नारी अपने पति के सारे अधिकार छीन लेती है।

पत्नी बेटे, पोतें, बहु घर के अन्दर पति, बहुओं के पर्दे और मान मर्यादा की वजह से घर के बाहर **शुद्ध और सिद्ध शरीर को अपनी बुद्धि से खतरा रहता है।**

बुद्धि जब तक पीछे लगी रहेगी जब तक अहंकार न हो जाए अहंकार ही गिराता है अहंकार ही उठाता है।

अहंकार की चमक, सूर्य के समान है जो शुद्ध शरीर को भी अंधा करके प्राकृतिक गुण और ब्रह्म विषय की ओर धकेल देती है।

यही गुण और विषयों की चकाचौंध में चमकता है तो अहंकार में उठा हुआ समझो और फिर गुणों और विषयों में डूबता है तो गिरा हुआ समझो।

इस तरह फिर वो शुद्ध और सिद्ध शरीर प्रकृति और ब्रह्म विषयों और जन्म-मृत्यु के चक्कर अन्य योनियों में लगा रहता है। ये सब बुद्धि और अहंकार के कारण है। जो शुद्ध और सिद्ध शरीर को उस स्थान को भी बंजर करके खत्म कर देती है। जहाँ इस शुद्ध सिद्ध शरीर की पूजा होती थी।

इस बात का प्रमाण आज भी है जो दिखाई देता है न जाने कितने महल, हवेलियाँ, मजार, दरगाह यहाँ तक मंदिर-मस्जिद, गिरजाघर, गुरूद्वारे सेवक या श्रद्धालुओं के बिना खण्ड या वीरान पड़े हैं। जिनमें कोई भी जाकर देखता या झांकता तक नहीं, इसका कारण है ये मुख्य स्थान, प्रकृति गुण और ब्रह्म विषयों का है, जीव का नही। जीव केवल ब्रह्म विषयों और प्रकृति गुणों का भोग है। जीव तो सृष्टि चक्र में अपने कर्मानुसार जन्म-मृत्यु के कारण योनियों में ही घूमता रहता है। इसके यहाँ भी साबित होता है कि भोग्य और भोक्ता जीव ही है।

जैसे मोमबत्ती और जलने वाली लौ यानि ज्योति। ये जड़ और चेतन के प्रतीक की तरह है।

मोमबत्ती से लौ यानि ज्योति जब तक जलती रहती है जब तक मोम खत्म नहीं हो जाता।

ये दोनों जड़ चेतन का प्रतीक ही नहीं बल्कि शुद्ध शरीर की अवधि का या उम्र का प्रतीक भी है।

जब तक शरीर शुद्ध और सिद्ध है जब तक मोमबत्ती की तरह रोशनी का प्रतीक है। ये जड़ चेतन जब एक स्थान पर मिले रहते हैं। जब तक किसी योगी, तपस्वी, ज्ञानी, ध्यानी का शरीर शुद्ध रहता है अन्यथा शरीर रूप जीव तो गर्भ, प्रकृति और ब्रह्म में अपने कर्मों के अनुसार चक्कर लगाता रहता है। ये सब आत्मा और अनात्मा, जड़ चेतन, जन्म-मृत्यु प्रकृति और ब्रह्म विषय आदि उस सर्वशक्तिमान अक्षर ऊँ परब्रह्म नारायण योगेश्वर के द्वारा किये गये विज्ञान का है।

इस विज्ञान में तो इस कल्प के लिए ईश्वर बना चुके हैं। इस कल्प में कोई दूसरा मालिक नहीं हो सकता। भले हीं वो कितना ही शुद्ध या सिद्ध शरीर क्यों न हो। इस कल्प का स्वामी यानि ईश्वर है, जो वही कल्पेश्वर है।

ये परमात्मा के विज्ञान का शाश्वत सत् है। इस कल्पेश्वर को जो संज्ञा मिलनी चाहिए वो मिल चुकी। वो संज्ञा सदाशिव को जाती है। **सदाशिव ही कल्पेश्वर है।**

प्रकृति कल्पेश्वर को इतनी ही जगह देती जितनी परमात्मा की ओर इजाजत है।

इस तरह ब्रह्म भी कल्पेश्वर को ज्ञान और नाम के लिए उतने ही शब्द उपाधि के लिए परमात्मा या परब्रह्म की ओर मिले हैं।

जैसे प्रथम पुरुष महामानव, महाकाल, महादेव, सदाशिव स्वयंभू साक्षात प्रमाणित सृष्टि चक्र पर समाधिष्ट शंकर रूप में प्रकट है।

इस शंकर रूप शरीर पर अशुद्ध और शुद्ध सृष्टि चक्र के लिए कई प्रशिक्षण हुए जैसे पिण्ड से अण्ड में अण्ड से अग्नि तत्व में अग्नि तत्व से आत्म तत्व में जाकर ज्योर्तिलिंग प्रकट होने की परीक्षा आत्मा और अनात्मा की परीक्षा, स्वंभू प्रकट होकर आने की परीक्षा भोग्य और भोक्ता में परीक्षा, जो तत्व से प्रमाणित होती है। रजोगुण माया शक्ति रूद्राणी के साथ पुरुष और प्रकृति में सृष्टि चक्र चलाने के लिए युद्ध की परीक्षा।

इस तरह की परीक्षाएँ देकर शुद्ध और सिद्ध शरीर बना पाए। इसके बाद ही शिव शरीर से आत्मा और आत्मा से शरीर में स्वयंभू प्रकट होकर अजर-अमर कल्पेश्वर बने।

कहने का मतलब ये है कि इतनी परीक्षाओं के दौर से गुजरते हुए, एक शंकर नामक शुद्ध और सिद्ध शरीर बना पाये।

## ऐसे बनता है शुद्ध शरीर।

लाल, गेरूवे, पीले कपड़े पहनकर संन्यासी योगी तपस्वी और शुद्ध और सिद्ध होने का ढोंग होने लगा, लोग इन वस्त्रों और लटाओं के ढोंग से भरण-पोषण करने में लगे हैं। त्याग तपस्या साधना तो नाम के लिए रह गई।

## अब इन्हें कौन समझाये

एक पवित्र शुद्ध और सिद्ध शरीर हासिल करना या बना पाना सदाशिव के लिए भी अनुभव और अनुमान के ऊपर की बात थी, ये विराट विष्णु की विशेष कृपा से आत्म तत्व के ज्ञान की अनुभूति हुई। तब ही सदाशिव ज्ञानेन्द्र होकर शरीर से पिण्ड में पिण्ड से अण्ड में समाधिष्ट हो पाये।

क्योंकि त्रिगुणी प्रकृति और ब्रह्माण्ड में प्रथम शरीर होने के कारण सदा शिव हुए, ताकि ये शरीर शिव सदा के लिए रह सके। हर युग में कल्प तक सुरक्षित कल्पेश्वर बना रहे।

यहाँ विराट सत्ता का स्वामी विष्णु यानि विष + अंणु जैसे सभी विष के अंणुओं का भक्षण करता हुआ जल तत्व को शरीर से छोड़ता रहा, फिर जल में ही समाधिष्ट हो गया।

ये विराट विष्णु और अपने अन्दर यानि सभी छोटे से छोटा और बड़े से बड़ा अंणु, जिससे जीव अंणु रूप में है उसे अपने ही गर्भ में धारण किए हुए हैं।

अब विराट विष्णु के अन्दर जो अंणु है यही भोग्य है और यही भोक्ता।

ये योग्य और भोक्ता ही स्वयं नाशवान होकर विकास करते रहते हैं।

यहाँ साबित होता है विनाश, विकास का जन्मदाता है।

अब परमात्मा ने जो छः (6) अधिकार अपने पास रखे हैं उनमें विनाश और विकास यानि जन्म और मृत्यु ये दो (2) अधिकार तो यहाँ आकर साबित कर दिये हैं। लेकिन जन्म-मृत्यु का रहस्य अभी भी छुपाकर रखे हुए हैं।

इस रहस्य को जानने की जिज्ञासा रोमांच पैदा करती एक नई अनुभूति का अहसास दिलाती है।

क्या ये विराट विष्णु के गर्भ यानि प्रकृति के अन्दर अंणु है। यही जड़ और चेतन है क्या .......? **यही भोग्य और भोक्ता है?**

क्या इसका किसी तत्व से सम्बन्ध है। यही है तो कौन-सा तत्व है जो अंणुओं यानि जीव और प्रकृति का जन्म और मृत्यु का कारण है।

शायद यही वो तत्व है जो भोग्य भोक्ता दोनों का स्वामी है। शायद ये प्रकृति से भी ऊपर की बात है।

ये भोग्य और भोक्ता का स्वामी तत्व ही इनकी आत्मा है।

ये परमात्मा के विज्ञान का चमत्कार है। जो विज्ञान आत्मा का प्रमाण साबित है।

इस महान तत्व का विश्लेषण कैसे करते हैं परमात्मा?

ये परमात्मा के तीसरे और चौथे रहस्य यानि नाम और कीर्ति का सवाल पैदा करता है। जैसा कि हम पहले भी जन्म-मृत्यु के रहस्य का जिक्र कर चुके हैं। ठीक उसी तरह विज्ञान आत्मा से परे परमात्मा है। जिसका नाम और कीर्ति आदमी की स्मरणीय शक्ति से बाहर है। कहने का मतलब, शब्दों से मनन और गाने की योग्यता से भी ऊपर साबित होता है ये राग और द्वेष की तरह है।

ये ज्ञानी ध्यानी, योगी, तपस्वी, संन्यासी आदि अथवा तत्व ज्ञानी, आत्म ज्ञानियों के अनुभव या अनुमान से भी ऊपर की बात है। जिसके सामने सभी नतमस्तक हो उठते हैं। साधारण मनुष्य की तो बात ही छोड़ दीजिए। कहने का मतलब ये है कि भोग्य और

भोक्ता से परमात्मा के छः (6) रहस्य में से चार का जिक्र हुआ है।

## जन्म-मृत्यु नाम और कीर्ति

अभी दो (2) बाकी हैं।

अब विराट विष्णु की प्रकृति के गर्भ में जो अंणु है क्या इन्हीं गुणों में से प्रथम महामानव या महादेव का शरीर है। या 'विष्णु', विष + अंणुओं से निकला हुआ कोई महान अंणु या अंश है।

ये सवाल विष्णु की **प्रकृति और पुरुष** के बीच सृष्टि चक्र रचना को उजागर करता है।

शायद ये विष्णु की जहरीली सृष्टि से निकले हुए गुण यानि त्रिगुण अथवा त्रिगुण से बनी प्रकृति और कर्म विष का अंश है जो जीव के शरीर को मारने के बाद भी खत्म नहीं होता जैसे कोई भी शरीर नाशवान है वो कर्म के कारण है। लेकिन ये शिव-शंकर नामक शरीर इतना शुद्ध और सिद्ध है जो सतयुग, त्रेता, द्वापर और कलयुग यानि चारों युग एक कल्प के बराबर है। ये शिव-शंकर नामक शरीर नाशवान नहीं होता जो चार युग या एक कल्प के बराबर है। ये शिव-शंकर नामक शरीर नाशवान नहीं होता जो चार युग या एक कल्प तक शिव-शंकर बनकर सदा रहता है। जो कल्पेश्वर यानि कल्प का ईश्वर है। ये प्रकृति के **गुण, ब्रह्म विषय, सृष्टि चक्र के कर्म से मुक्त है।**

अब सवाल ये पैदा होता है कि ये जितने भी संन्यासी योगी, तपस्वी, आत्मज्ञानी ब्रह्म या भजना नन्दी है। ब्रह्म, विष्णु, महेश आदि के हिस्से में आकर जीते हैं और मरते रहते हैं। शायद इन तीनों की सत्ता का प्रभाव है जो भक्ति मार्ग की ओर ले जाता है।

ये तीनों देव, जीव और शरीर, मन, ब्रह्म, बुद्धि, विष्णु अहंकार शिव में समाये हुए हैं।

जीव यानी शरीर, मन, बुद्धि, अहंकार द्वारा जो कर्म करता है वो प्रकृति का विषय बन कर रह जाता है। यहाँ से आगे जीव यानी शरीर की पहुंच नहीं है। जीव यानि जो शरीर भोग्य और भोक्ता ही बनकर रह जाता है।

ये जीव यानि शरीर, अपने लाभ और हानि के फैसले ही, भोग्य और भोक्ता बनाते है।

इसलिए जीव या शरीर नाशवान बनकर रह जाते हैं विषय वासना ही लाभ और हानि का कारण भी बनता है। भोग्य और भोक्ता का स्वामी, विषय वासना के कारण यानि लाभ और हानि के कारण ही जीव के शरीर को नाशवान बना देता है अथवा मार डालता है।

ये लाभ और हानि परमात्मा के रहस्य का (5) पाँचवा (6) छठा काल है। जो जीव या शरीर की पकड़ से बाहर है क्योंकि छः (6) अधिकार परमात्मा ने अपने हाथ में रखे हैं। जो इस प्रकार हैं–

जन्म - मृत्यु

नाम - कीर्ति

लाभ - हानि

जीव या शरीर इन छः (6) रहस्य के अन्दर ही घूमता रहता है। शरीर यानि जीव के गर्भ, प्रकृति, ब्रह्म विषय आदि स्थान हैं।

**स्थायी तौर पर जीव के लिए कोई मुख्य स्थान नहीं है।**

जीव या शरीर का स्थाई होने का दावा ही, इन छः (6) रहस्य में घिर कर दम तोड़ देता है। लेकिन स्थाई नहीं हो पाता।

ये तो शिव नाम का शरीर है, जो सदा के लिए स्वंभू होकर स्थाई रूप में चार (4) युगों यानि एक (1) कल्प तक स्वयं ही स्वयं में समाधिष्ट है क्योंकि ये एक पवित्र, शुद्ध और सिद्ध शंकर नामक शरीर है। जो परमात्मा ने कल्पेश्वर की उपाधि देकर इस कल्प का ईश्वर बना दिया। जो सदा शिव रूप में विराजमान है।

लेकिन इस शिव-शंकर नामक शरीर को भी भोग्य और भोक्ता का स्वामी अग्नि तत्व का **ताप यानि तप**, सहन करके पवित्र, शुद्ध होना पड़ता है जो परमात्मा की कृपा के आधार भूत है। इंसान के बस में नहीं। वरना ऐसे साधु संन्यासी, तपस्वी होने का ढोंग करके, अग्नि आदि की चेतन करके, रजाई-कम्बल के साथ सुविधा वाली कुटिया या आश्रम में, चार माला गले में डालकर, लम्बी जटाओं के साथ; भस्म आदि तनपर लगाकर, योगी और तपस्वी होने का दिखावा करते हुए, अधोगति को प्राप्त हो जाते हैं।

ऐसे आश्रम और कुटिया जो आज भी खण्डहर के रूप में वीरान पड़ी है जहाँ उनकी आत्माएं भटकती रहती है। इस बात के काफी प्रमाण सभी धर्मों के मौजूद है।

इन अधोगति के शरीर जो साधारण जन-मनुष्य है उन्हें भटकती हुई आत्मा के रूप में टकराते हैं, या दिखाई देते हैं।

साधारण मनुष्य उन कुटिया, आश्रम, या खण्डहर को सिद्ध पीठ का नाम देकर भय या डर में पूजा करते हैं और प्रचार करके ऐसी जगह पर नया निर्माण भी कर डालते हैं।

अब सवाल ये पैदा होता है जो ये इस तरह योगी-तपस्वी या संन्यासी हैं, जो अधोगति को प्राप्त हुए हैं। वो सब पवित्र और शुद्ध सिद्ध शरीर थे।

साधारण जन समुदाय या धर्म सम्प्रदाय या भले ही वो किसी धर्म-मजहब के लोग हों, उन सब अधोगति में मरने वालों की भटकती आत्माएं हैं न कि पवित्र शुद्ध या सिद्ध पीठ या शरीर था।

ये अंधविश्वासी और भयभीत, जन-समुदाय के लोग, इन भटकती हुई आत्माओं और उनके स्थानों को पवित्र, शुद्ध और सिद्ध समझकर, भेंट देते हुए पूजा करते रहते हैं। ऐसे लोग अन्य विश्वास में ऐसे स्थानों का प्रचार या निर्माण भी करते रहते हैं।

ये धर्म-मजहबी, लोभ, पीर, पैगेम्बर और मजार को सिद्ध और शुद्ध की मान्यता देकर, दुष्प्रचार करके अंधविश्वास फैलाते हैं। अब इन अज्ञानियों को कौन समझायेगा कि पवित्र, शुद्ध और सिद्ध होने के लिए भोग्य और भोक्ता के स्वामी अग्नि तत्व का पारदर्शी होना पड़ता है अर्थात् अग्नि से अग्नि बनकर निकलना पड़ता है।

उसके बाद ही ज्योर्तिमय प्रकाशमान, पवित्र, शुद्ध और सिद्ध **शरीर और आत्म दर्शन** सम्भव है। ये शिव ने सदा के लिए शंकर नामक शरीर को तप और मनन और ज्योर्तिमय प्रकाशमान होकर पिण्ड से अण्ड में समाधिष्ट कर लिया जो आज भी ज्योर्तिमय **पिण्ड या अण्ड के रूप मै है। वे ही (12) ज्योर्तिलिंग है।**

स्वयं को ज्योर्तिमय करना ही तत्व और आत्म दर्शन है। ये ही शुद्ध और सिद्ध शंकर नामक पवित्र शरीर है जो सदा के लिए शिव यानि शव की तरह ज्योर्तिमय होकर लिंग में समाधिष्ट है।

## यहाँ से निराकार ब्रह्म की साकार ब्रह्म में पूजा होती है

ब्रह्म, विष्णु और शिव को मिलाकर, तीन सत्ता प्रमुख हैं लेकिन अब जैसे ही साकार ब्रह्म में निराकार ब्रह्म की पूजा का जिक्र आया तो मुख्य दो ही सत्ता रह गईं।

## ब्रह्म और परब्रह्म

अब इन दो सत्ता पर प्रकाश डालें तो अग्नि ही एक ऐसा तत्व है, जो प्रकाश ज्योति का प्रमाण देता है। ये ज्योति प्रकाशमान होकर जल तत्व को पार करता हुआ हवा के दबाव से निकलकर आता है वो ब्रह्म ज्योति, जब प्रकाशमान होती है, आकाश तत्व, असीम होकर नजर आता है। ये ही जल, अग्नि, हवा और आकाश महान तत्व भू: यानि पृथ्वी तत्व विराट प्रकृति के स्वामी ब्रह्म के जन्मदाता हैं। लेकिन परब्रह्म इन पाँच तत्वों से ऊपर साबित होता है।

**केवल अब परब्रह्म एक सत्ता रह गई।** जो तत्वरहित यानि तत्व से परे है।

अब ब्रह्म में जो भोग्य और भोक्ता अग्नितत्व के आधीन है यही विज्ञान आत्मा है।

ये विज्ञान आत्मा जिसे परमतत्व कहते हैं। यही परब्रह्म या परमात्मा का विज्ञान है।

इस परब्रह्म, परमात्मा के द्वार 'परम धाम' यानि मात्र एक धाम का मार्ग खत्म होता है।

यही परब्रह्म परमात्मा, ॐ तत् सत् है जिसे A House of God कहते हैं।

इस दरवाजे तक वो शरीर जो शुद्ध और सिद्ध है, जिसमें देव, दत, सत् काम नाम का पुरुष निवास करता हो, ठीक ऐसे.....

देव – परमात्मा का शुद्ध अंश, आत्मा ... हो

दत – यज्ञ-जैसे अपने मुख में खाने-पीने की सामग्री डालता है, ठीक हवन या यज्ञ की तरह दत हो अर्थात् ऐसे पवित्र भगवान हों।

सत – जो आत्म तत्व के विरुद्ध नहीं जाता वो शाश्वत सत् के साथ चलकर आता हो।

काम – जो कर्म या काम धर्म के साथ करता हो, तो अर्थ मोक्ष के पास ले आता है। ऐसा कर्मयोगी हो।

नाम – परमात्मा या ईष्ट के माध्यम से लिया जाने वाला नाम, पुरुष या नारी में अभेद रखता हो, केवल परमात्मा के नाम के सहारे हो।

पुरुष – एक आत्मा जो शुद्ध या बेदाग है। वो न तो नर है और न ही नारी, केवल परमात्मा या परम पुरुष के विज्ञान का अंशमात्र है। वो सर्वशक्तिमान परमात्मा पुरुष ही है। ऐसे ज्ञात हो।

ऐसे शुद्ध और सिद्ध शरीर में, अक्षर ऊँ परब्रह्म परमात्मा ऊँ तत् सत् है।

यहीं वो एक सत्ता परब्रह्म है जो ब्रह्म से ऊपर है।

अब जो ब्रह्म सत्ता के अन्दर है, वो नाम या शब्द में बन्दकर रह जाता है। जीव, गुण, विषय जो भी हो, शब्द, नाम आदि, अहं ब्रह्म अस्मि बोलकर स्वीकार करता है।

अब अक्षर ऊँ परब्रह्म सर्वशक्तिमान परमात्मा नारायण नारा + आयन जल तत्व से अग्नि रूप में उद्घोष हवा तत्व के दबाव से निकल आया है वो **तत्व, तत्वम् विधेयक आत्मा** तत्व से तत्व टकराता हुआ निवृत्त बिना शरीर वाली आत्मा अनन्त आकाश तत्व यानि आकाश तत्व की कोई रूप या सीमा नहीं है अर्थात् अनन्त ब्रह्माण्ड को जन्म देता है वही **भूः भवः स्वः का स्वामी परमपिता परमात्मा है।**

जो स्वयं ही स्वयं से उत्पन्न जन्म, नाम, चरित्र पैदा करता है और साथ ही धर्म की स्थापना भी करता है। वैधानिक रूप में ब्रह्म लोक स्वामी होकर भी स्वामी नहीं रहता, चरित्र का प्रमाण देकर भगवानों की संज्ञा प्राप्त करता है।

ब्रह्म में साकार होकर निराकरण करके भगवान बन जाता है। इससे साबित होता है वो अक्षर ऊँ परब्रह्म परमात्मा सभी भूतों का आत्मा के रूप में अंगरक्षक होने के साथ भगवान का चरित्र भी प्रदान करता है। **इसलिए वो भगवान है।**

इस तरह निराकार ब्रह्म की साकार ब्रह्म में पूजा होती है। ये प्रत्यक्ष प्रमाण है।

अब हम परब्रह्म परमात्मा पर प्रकाश डालें कि ये **अक्षर ऊँ परब्रह्म परमात्मा क्यों है।**

जैसा कि ब्रह्म में जो अनात्मा, तत्व से तत्व, प्रकृति में जीव का सृष्टि-चक्र में **'विज्ञान आत्मा,** सभी अनात्माओं के साथ, जन्म-मृत्यु, नाम-कीर्ति लाभ-हानि में समान भाव में रहता है।

**वो ही कर्म या साक्षी है और परमात्मा की विज्ञान आत्मा है**

ये बेजोड़ रहस्य है, जो परमात्मा का अंश रहकर भी, अलग होकर फिर ब्रह्म और विराट प्रकृति में सृष्टि चक्र को चलाता हुआ, जीव के साथ अलग-अलग अनात्माओं का अंगरक्षक होकर, इनकी सृष्टि का दृष्टा है और वो ही अलग-अलग तत्वों से बनी 'दृष्टि का सृष्टा' है।

ये व्यक्त-अव्यक्त, मृत-अमृत ज्ञान के रहस्य की अंश मात्र ज्योति है।

**परमात्मा अपने स्वयं में सभी विज्ञानों का एक ज्ञान है।**

वो सभी में अलग-अलग होकर, स्वयं भी अलग यानि सबसे परे है।

इसलिए वो अक्षर ऊँ परब्रह्म, परमात्मा, नारायण सभी का योग, होकर योगेश्वर है। ये समझने की बात है। ये तीन और तीन, से तीन और दो से दो, दो एक और एक, से एक है जो एक अंश यानि शून्य है और शून्य से अव्यक्त है। ये ऊँ भूः भूवः स्वः। और यही स्वः भूव भूः हो ॥ ऊँ ॥ है।

**यही परब्रह्म एक सत्ता का स्वामी अक्षर ऊँ परमात्मा है।**

अब संसार तो इस तरह जानने के बाद भी प्रमाण माँगता है या जिज्ञासा रखता है कि प्रत्यक्ष में, सामने आकर ये कहे **"मैं परमात्मा हूँ।"**

अब मैं इस संसार को कैसे कहूं कि मैं वो अक्षर ऊँ परब्रह्म परमात्मा योगेश्वर हूँ।

ये मैं से मैं तक यानि अक्षर ऊँ परब्रह्म परमात्मा नारायण योगेश्वर के योग का मार्ग है जो परमधाम नारायण योगेश्वर के

योग का मार्ग है जो परमधाम तक यानि **"एक धाम"** तक ले जाता है।

यही वो A House of God है।

पुस्तक के अन्त में मन और मनन को ध्यान में रखने के लिए शुद्ध शरीर की आवश्यकता होती है।

अब विचार किया जाए, मनन, मन से होता है या माला से इससे कोई फर्क नहीं पड़ता। मन से मनन माला से हो या अन्य साधन से, सब ब्रह्म में प्रवेश के बाद की बात है। ब्रह्म शब्द है, मनन और मन ब्रह्म विषय शब्द के द्वारा होता है। ये संस्कार की बात है कि आपका जन्म किस व्यक्ति वस्तु स्थान पर हुआ है।

**ये जन्म और जन्म-भूमि की ताकत पर निर्भर करता है।**

अब आपको ज्ञान होगा जन्म होते ही 'अहं ब्रह्म आस्मि्' मैं ब्रह्म हूँ या ब्रह्म मैं हूँ। मैं शब्द मात्र हूँ। ये मैं शब्द मेरे शुद्ध शरीर का संशोधन करेगा।

इसलिए प्रथम मन से किया गया मनन मैं का यानि मैं शब्द का ही होता है। इसके बाद जो भी मन से मनन होगा वो संस्कारों पर निर्भर करता है।

अब संस्कार कैसे भी मिले हों लेकिन ब्रह्म में प्रवेश दिलाने वाली ताकत चेतना शक्ति है जो ब्रह्म सत्ता में जीव यानि शरीर को अनन्त योनियों में भेजती रहती है। ये चेतना शक्ति परब्रह्म का कमाल है या परब्रह्म का विज्ञान जिसमें सभी ज्ञान छुपे हुए हैं।

**इसलिए हमें पहले चेतन शक्ति को समझना होगा।**

अब जिसका मन और जन्म-भूमि शुद्ध हो तो शरीर भी शुद्ध होगा, जब शरीर शुद्ध होगा तो मन भी शुद्ध होगा, जब मन शुद्ध

होगा तो मनन भी शुद्ध होगा, जब इतना कुछ शुद्ध होगा तो योगी, साधु-संन्यासी, ज्ञानी-ध्यानी आपकी परीक्षा लेकर घेरने लगेंगे। इस घेराव में प्रकृति के ब्रह्म विषय और परब्रह्म चेतना शक्ति के सभी प्रभाव आकर आप पर यानि शुद्ध शरीर पर वार करेंगे जैसे माला में 108 मणिये होते हैं और माला आपके गले में मन के मनन का प्रतीक है। क्योंकि माला का हर एक मणियां शब्द के मनन का प्रतीक है।

हर एक माला का मणियां ज्ञान का प्रतीक है। हर एक ज्ञानी ने एक उपनिषद् लिखा है। ऋषि महात्माओं ने अठारह पुराण लिखे हैं। वेद ब्रह्म वाणी है। अन्त में श्रीमद्‌भागवत् अपने आपको विराट कहता है यानि विराट ज्ञान का प्रतीक बनकर सामने खड़ा हो जाए और सवाल करे तो मैं घिर जाता हूँ।

इस चक्रव्यूह की रचना मेरे चारों ओर हाथों में हाथ पकड़कर मुझे घेरे हुए है। मेरी चेतना शक्ति को बुझाने या खत्म करने के लिए तैयार खड़े हैं।

मैं इन सभी दायरों को तोड़ने का विकल्प खोज रहा है। जहाँ-

सबसे बड़ा दायरा 108 उपनिषदों को देख रहा हूँ।

दूसरा दायरा 18 पुराणों को देख रहा हूँ।

तीसरा दायरा 4 वेदों को देख रहा हूँ।

आखिरी दायरा 1 श्रीमद्‌भागवत् का देख रहा हूँ जो मुझे चुनौती दे रही है।

अहं ब्रह्म आस्मि।

इतने ज्ञान और ताकत के सामने से मेरा मन और मनन चेतना शक्ति भी यही आवाज देने लगती है। "अहम् ब्रह्म आस्मि"।

क्योंकि चेतना शक्ति परब्रह्म की देन है जो शरीर से ताकतवर ये परब्रह्म के विज्ञान का चमत्कार है।

ठीक ऐसे ...... चेतना जब शरीर में शक्ति प्रदर्शन करती है तो सभी इन्द्रियाँ बेचैन हो जाती हैं। मन बुद्धि का सहारा लेकर आत्म संतुष्टि चाहता है। जब आत्म सन्तुष्टि नहीं हो तो इंसान तर्क करने के लिए विवश हो जाता है, विवश मन कमजोर और बीमार बना देता है, आदमी की यही कमजोरी उसे मौन कर देती है।

अब जो मौन अवस्था में तर्क ही मनन है।

इस मनन, जो मन ही मन में तर्क है, इसे शाब्दिक तर्क में लाने के लिए ये उपनिषद् पुराण, वेद, श्रीमद्भागवत् ब्रह्म विषय, प्रकृति की शक्ति, विराट रूप बेचैन है।

अपनी त्रिशक्ति की सत्ता में लाने के लिए बेचैन। विराट कहता है तू कह दे मैं हूँ।

मैंने कहा मैं ...... तू और मैं से अलग हूँ।

विराट ने कहा, तो तू मेरे साथ नहीं है।

मैंने कहा ... मैं एक के साथ हूँ। दो के साथ नहीं रहता

विराट ने कहा ... ये एक कौन है?

मैंने कहा ... ये जो ब्रह्म भी एक और परब्रह्म भी एक है।

इसलिए मैं भी एक हूँ।

विराट ने कहा ... ये सब मुझ में है। सारा ब्रह्माण्ड मुझमें है।

मैंने कहा ... आप तीनों में शामिल हैं। मैं एक परब्रह्म हूँ।

विराट ने कहा ... ये ब्रह्म क्या है?

मैंने कहा ... अहम् ब्रह्म आस्मि मैं ब्रह्म हूँ।

विराट ने कहा ... परब्रह्म क्या है?

मैंने कहा ... मेरे मन से किया गया मनन का जो विकल्प है वही परब्रह्म है।

विराट ने कहा ... मैं कौन हूँ?

मैंने कहा ... तू सब कुछ है। मैं कुछ भी नहीं।

तब विराट बोले ...... तथास्तु।

मैं देखता रहा विराट चले गये मैं अपने मनन में चला गया। ये प्रथम भाग यहीं पर समाप्त करता हूँ। आप दूसरे भाग का इंतजार कीजिए।

अन्त में आज के बदलते दौर पर ये कविता पेश हैं–

इसमें गरीब गरीबी से निजात चाहता हुआ कहता है–

ज्यादा गम भी न दे और ज्यादा खुशी भी न दे,
देने वाले किसी को गरीबी न दे।

धन वालों का जोर यहाँ,
हर गरीब की जिन्दगी फिजूल है।

गाड़ी में चलें इनके बच्चे,
अलग से बने स्कूल हैं।

नंगे पाँव धूल में लथपथ,
भूख से ये वे दीन हैं।

क्या इतिहास बनायेंगे,
जब तन से भी वस्त्र हीन हैं।

पहले जन्म क्यों दिया, फिर ये गम क्यों दिया,
खुशी दी है, तो गम की छवि भी न दे ....

..... देने वाले किसी को गरींबी न दे ....

मैम साहब बन करके बैठी,
पाउडर क्रीम लगाती है।

गाड़ी डिस्को डाँस पसन्द,
फिर दारू पीकर आती है।

भले घरों में माँ और बहनें,
खून पसीना बहाती हैं।

रहकर वस्त्र हीन बदन से,
पेट की आग बुझाती हैं।

कोई रोता रहे, कोई हँसता रहे,
ऐसी मस्ती भरी महकसी भी न दे ....

..... देने वाले किसी को गरीबी न दे

भूखा बच्चा गोद में रोये,
गरीब का ये सिंगार है।

माँ तो भूखा देख सके ना,
देखने वाले हजार हैं।

दया-धर्म का नाम नहीं,
ना किसी के दिल में प्यार है।

हवस में अन्धी हो गई दुनियाँ,
कैसा ये संसार है।

क्या नाम दिया, क्या काम दिया,
इन शैतानों को ऐसी हबीबी न दे .....

.. देने वाले किसी को गरीबी न दे ...

गरीब की इज्जत कुछ भी नहीं,
हर अमीर की इज्जत सोना है।

ऐसी हुई शिकार गरीबी,
इसी बात का रोना है।

भर-भर कर गोदाम बैठ गये,
बिन रोटी के सोना है,

रिश्वत खोरी फैल गई यहाँ,
यूँ ही जिन्दगी खोना है।

जब ये भेष रहेगा, ये कैसे देश रहेगा,
इस गुलामी की हमको करीबी न दे ....

.... देने वाले किसी को गरीबी न दे ।

**एस. के. पाराशर**

**नोट**—पुस्तक का दूसरा भाग शीघ्र आ रहा है।